일상속의 행복

일상속의 행복

발　행 | 2016년 8월 1일
저　자 | 유철기
펴낸이 | 한건희
펴낸곳 | 주식회사 부크크
출판사등록 | 2014.07.15.(제2014-16호)
주　소 | 경기도 부천시 원미구 춘의동 202 춘의테크노파크2단지 202동 1306호
전　화 | (070) 4085-7599
이메일 | info@bookk.co.kr

ISBN | 979-11-272-0231-6

www.bookk.co.kr

일상 속의 행복

유철기 지음

자신을 소중히 여기고 자신의 독특한 재능을
바탕으로 자신의 꿈을 이루고자 노력하며 현재
의 생활에서 행복을 찾아 누리며 삶을 풍요롭
게 살고자 노력하는, 그리고 다른 사람을 위한
나눔에는 우리가 함께해야 한다는 것을 알고
실천하는 모든 이에게 이 책을 바칩니다.

사람은 그가 한 행위로 위대해진다.

고대 인도의 철학자이며 경제학자였던 '카우틸랴(Chanakya)'는 왕실 고문으로 당시의 대학에서 경제학과 정치학을 가르쳤다고 한다. 그런데, "사람은 출생 때문이 아니라, 그가 한 행위로 위대해진다(A man is great by deeds, not by birth)."는 그의 말은 3,000여 년이 흐른 지금도 여전히, 변화의 속도가 너무 빨라 그 속도를 감지하기도 전에 또 다른 세상이 열리는 현대까지, 우리에게 사람은 어떠해야 하는가를 말해 주는 듯하다.

나는 우리가 사람으로 태어난 자체가 위대한 일이라 생각한다. 태어난 자체가 위대한 일이라고 주장하는 것은 과학적으로도 우리가 우성인자를 가지지 못했었다면, 이 세상에 태어나지 못했을 것이기 때문이다.

요즘 우리 대한민국을 보면, 위대해지고 싶어 하는 사람들로 넘쳐난다. 입만 열면 국민을 위한다고 떠들어 대지만, 실제로는 당리

당략에 따른 정쟁만 일삼는 위정자들이 그렇고, 자기 책인 양 오래된 남의 책의 표지를 바꾸어 출간한 교수들이 그렇고, 구태의연한 정책으로 국민을 피곤하게 만드는 관료들이 그렇고, 자기 욕심만을 너무 채우려 하는 기업의 운영자들이 그렇고, 돈을 많이 가진 일부 사람들의 행태가 그렇고, 언론이라는 힘을 이용하여 편향된 시각으로 보도하는 언론 종사자들이 그렇고, 어떤 이유인지는 모르지만 대화와 타협은 뒤로한 채 먼저 주먹부터 휘두르고 보는 사람들이 그렇다.

카우틸랴가 말한 행위와는 전혀 다른 행위들이다. 어찌 보면 우리 사회를 병들게 하고, 사람들을 아프게 하는 행위들이다. 그런데 우리 사회에서는 이러한 행위들이 너무 많이 일어나고 있다.

스마트폰으로 받아보는 오늘의 글귀에서 접한 '카우틸랴'의 "사람은 출생 때문이 아니라, 그가 한 행위로 위대해진다."는 말 한마디는 나에게 이 책을 출판하게 했다.

그렇다면, 글을 쓰고 책을 출판하는 일은 나에게 어떤 행위일까?

나는 평소 글쓰기를 좋아하고, 내가 쓴 글을 SNS를 통해 지인들과 나누기를 즐기는 편이다. 이제 2013년부터 2016년 현재에 이르기까지 약 3여년에 걸쳐 틈틈이 쓴 글을 모아 한 권의 책으로 출간한다. 한마디로, 나는 글을 쓰는 일과 책을 출간하는 일로 위대해지고 싶은 욕심을 부리는 거다.

여기 소개하는 글은 모두 내가 일상생활 속에서 겪은 일을 글로 표현한 것이다. 봄, 여름, 가을, 겨울을 각 장으로 하고, 24절기를 절로 삼아 책을 구성한다. 따라서 글에는 계절의 변화에 따라 내가 경험한 사실과 느낀 감정이 고스란히 녹아있다. 고상하게 말하면 체험적 인문학이고, 다르게 말하면 신변잡기다. 인문학이든 신변잡기든 내가 글을 쓰고 책을 출간하는 일은 나를 위대해지게 만드는 행위일 수 있다.

이 글을 읽는 당신도 이미 자신을 위대하게 만든 것이다. 당신이 책을 읽는 행위 자체가 곧, 당신을 위대해지게 만드는 일이기 때문이다.

2016년 8월
현우 유철기

목차

시작하는 글   6

제1장 봄

01. 입춘(2월 4~5일)
봄의 시작, 농사 시작, 풍년과 안녕을 기원하는 날

삶의 모든 것이 기적인 것처럼 살라   21
옳은 것을 과거로 남기는 삶을 살고 싶다   22
사랑에는 마음의 고통이 따른다   25
사람을 이롭게 하는 솜과 같이 따뜻한 말을 하라   27
진정한 부는 건강이다   28

02. 우수(2월 18~19일)
비가 내리고 싹이 틈, 눈이 녹아서 비가 됨

오늘도 즐겁고 행복한 선택을 하자   29
가장 아름다운 나비도 애벌레 시절이 있었다   31
치유를 위해서는 아픔을 파헤칠 용기가 필요하다   33
질병 치료를 위해서는 약물 복용과 함께 마음을 다스려야 한다   36
올바른 언어 사용으로 당신의 세계를 풍요롭게 하라   37

03. 경칩(3월 5~6일)
개구리가 겨울잠에서 깨어남

몸과 마음에 도움이 되는 생각을 하라   39
마음속에 행복을 쌓을 창고의 크기를 키우라   41
충분히 자라   43
무엇 때문에 글을 쓰는가?   45

04. 춘분(3월 20~21일)
낮과 밤의 길이가 같은 날, 낮의 길이가 길어지기 시작

사람을 귀하게 여기라   48
오늘 내가 만나는 사람들에게 가치 있는 사람이 되자   52
오늘 할 수 있는 일을 하라   54
친절한 말이 지친 마음을 치유한다   56
자신의 독특함에 대해 깊은 존경심을 가지라   57

05. 청명(4월 4~5일)
날이 화창해지고 봄 농사철의 시작을 나타냄

바라는 것이 있다면 먼저 씨앗을 심어라   59
당신이 가진 최상의 것을 세상에 주라   61
어울림이 살길이다   63
우아한 말은 영혼과 육체를 치유한다   65
마음은 자신을 복원하는 방법을 가지고 있다   66

06. 곡우(4월 20~21일)
봄비가 내려 곡식들이 잘 자라게 함

먼저 자신을 위한 사람이 되라   67
사람은 자신이 믿는 대로 된다   69
몸과 마음의 치유에는 때가 있다   70
치유의 척도는 평온함에 있다   71
친절한 말의 울림은 무한하다   73

제2장 여름

07. 입하(5월 5~6일)
여름의 시작을 알림

세상을 치유하라 *77*
진실을 말하라 *79*
상대방의 있는 그대로를 받아들여라 *81*
과거를 극복하고 현재를 즐기라 *83*
마음속에 즐거움을 느끼고 다니라 *85*

08. 소만(5월 21~22일)
본격적인 농사 시작을 알림, 모내기 시작

선을 반사하는 거울이 되자 *86*
긍정적 정신 자세는 기적을 만든다 *88*
웃음은 눈물을 희망으로 바꿀 수 있다 *90*
용서하면 더 많이 사랑할 수 있다 *91*
가시를 가진 장미가 더 아름답다 *93*

09. 망종(6월 5~6일)
씨 뿌리기에 좋은 시기, 농작물이 잘 자라는 시기

차이를 즐기는 법을 배우자 *95*
슬픔과 상처는 연민으로 치유하라 *97*

10. 하지(6월 21~22일)
낮이 가장 긴 날

자기에게 애정을 품어라   *98*
나를 인정해주는 사람들에게 나는 어떻게 하는가?   *100*

11. 소서(7월 7~8일)
장마가 시작되는 철, 더위 시작

가족이란?   *102*
가족은 신의 선물이다   *104*
아버지의 눈물은 가슴에서 나옵니다   *106*
가족을 치유하는 것이 세상을 치유하는 것이다   *110*
눈으로 보는 것과 마음으로 보는 것은 다르다   *111*

12. 대서(7월 22~23일)
폭염시작

자기 자신 속에서 행복을 찾아라   *113*
자신에게 도움이 되는 최면 암시를 사용하라   *114*
치유를 위해서는 자기만의 방법을 고집하지 마라   *116*
아이들과 함께하면 영혼이 맑아진다   *117*

제3장 가을

13. 입추(8월 7~8일)
가을이 시작됨

인생은 차와 같다   *121*
시련을 겪은 뒤에 더 강해진다   *123*
물은 우리의 몸과 마음의 치유에 필수 요소다   *125*

14. 처서(8월 23~24일)
가을바람이 불어옴, 일교차가 커짐

자기에게 애정을 품으라   *127*
우리의 생각이 우리를 만든다   *129*
몸속의 세포를 느끼고 세포 속의 영혼을 느끼라   *131*
아침에 눈을 뜨면 즐거워하고 모든 일이 잘될 것으로 기대하라   *133*

15. 백로(9월 7~8일)
이슬이 맺히기 시작

나는 청춘인가?   *135*
무엇이든 시도하라   *138*
자신을 믿으라   *140*
사람을 살리는 말을 하라   *142*

16. 추분(9월 23~24일)
밤의 길이와 낮의 길이가 같은 날, 밤이 길어지기 시작

사소한 일이라도 좋은 것을 지키라 *143*
현재를 충분히 삶으로써 과거를 치유하라 *145*
가장 좋은 치유 에너지는 사랑이다 *146*
자연 치유력이 가장 좋은 의사다 *147*

17. 한로(10월 8~9일)
차가운 이슬이 내리기 시작

좋은 습관을 위해서는 그 일을 자주 반복하라 *149*
글을 쓰는 것은 치유의 한 방편이다 *151*
사람들은 자신의 문제를 해결할 자원을 가지고 있다 *153*
슬픔과 기쁨은 오직 자신만의 것이다 *154*
건강의 비결은 현재를 현명하고 진지하게 사는 것이다 *155*

18. 상강(10월 23~24일)
서리가 내리기 시작

당신을 행복하게 하는 데 필요한 일을 당신이 하라 *157*
마음으로부터 서로 주는 것이 연민이다 *159*
당신은 존경받을 가치가 있는 사람이다 *161*
당신에게 좋은 친구가 되고 싶어요 *162*
감사의 표현은 마음의 치료 약이다 *163*

제4장 겨울

19. 입동(11월 7~8일)
겨울이 시작됨

향수는 사회적 유대감을 강화한다 *167*
너 자신을 알아라 *169*
진정한 즐거움은 몸과 마음이 하나 될 때 나온다 *171*
가장 좋고 아름다운 것은 마음으로 느끼는 것이다 *172*
행복은 당신의 생각에 달려있다 *174*

20 소설(11월 22~23일)
얼음이 얼고 첫눈이 내림

나뭇잎이 떨어질 때까지 나무를 사랑하라 *176*
한쪽 문이 닫히면, 열린 다른 쪽 문을 보라 *178*
좋고 나쁜 것을 만드는 것은 생각이다 *180*
난관이 있으면 자연의 순리를 따르며 새로운 방법을 찾으라 *182*
치유는 시간과 기회의 문제이다 *184*

21. 대설(12월 7~8일)
눈이 많이 내리는 시기

발전은 마음의 변화에서부터 시작된다 *186*
문제가 생기면 개선 방법을 찾으라 *188*
끊임없이 시도하라 *190*
상처 난 구멍으로 무엇을 볼까? *192*
자신을 화려한 무지개인 것처럼 사랑하라 *194*

22. 동지(12월 21~22일)
    밤이 가장 긴 날, 팥죽 먹는 날

인생은 수레바퀴다   *195*
분노, 상처 또는 고통을 내려놓으라   *197*
어떤 다리를 건널 것인가?   *199*
몸의 소리에 귀를 기울이라   *201*
치유는 새로운 삶으로의 방향전환이다   *202*

23. 소한(1월 5~6일)
    가장 추운 시기

세상은 당신이 할 수 있는 모든 좋은 일을 필요로 한다   *204*
건강은 몸과 마음 그리고 영혼이 조화로운 상태이다   *206*
자신을 위해 상상력을 발휘하고 유머 감각을 가지라   *207*
사랑의 눈으로 사물을 보라   *209*
더 많이 사랑하라   *211*

24. 대한(1월 20~21일)
    강추위, 겨울이 마무리됨

건강한 몸과 마음으로 희망을 노래하라   *212*
사람이 있는 한 친절을 베풀 기회는 많다   *214*
우주의 관점에서 자신을 보라   *216*
다른 사람의 과실을 찾지 말고 구제책을 찾아라   *218*
사랑할 때는 더하기만 하라   *219*

마무리 글   *221*

제1장 봄

삶의 모든 것이 기적인 것처럼 살라.

> There are only two ways to live your life. One is as though nothing is a miracle. The other is as though everything is a miracle. (Albert Einstein)
> 당신이 인생을 살아가는 방법은 두 가지가 있다. 한 가지는 기적이 없는 것처럼 사는 것이고 다른 한 가지는 모든 것이 기적인 것처럼 사는 것이다. (앨버트 아인슈타인)

우리의 삶은 기적과 같습니다. 내가 태어난 것이 그렇고 생각할 수 있는 것, 말할 수 있는 것, 볼 수 있는 것, 먹을 수 있는 것 등, 모든 것이 다 기적입니다.

아인슈타인의 말처럼, 인생을 살아가는 방법은 두 가지, 기적은 없다고 믿고 사는 것과 모든 것을 기적으로 여기는 삶입니다. 어떤 삶을 사느냐는 자신의 선택에 달려있습니다.

모든 것이 기적인 것처럼 사는 것은 어떨까요?

옳은 것을 과거로 남기는 삶을 살고 싶다

Your living is determined not so much by what life brings to you as by the attitude you bring to life; not so much by what happens to you as by the way your mind looks at what happens. (Khalil Gibran)
당신의 생활은 삶이 당신에게 가져다주는 것이 아니라 당신이 삶을 움직이는 태도에 따라 결정된다. 또한, 당신의 생활은 당신에게 어떤 일이 일어나는가보다는 당신의 마음이 일어나는 일을 어떻게 바라보느냐에 따라 결정된다.

(칼릴 지브란)

많은 운동선수의 꿈과 희망의 무대라고 일컬어지는 올림픽, 그중에도 2014년 동계 올림픽이 숱한 사연을 뒤로하고 끝이 났습니다. 우리 대한민국 국민에게는 특히 아쉬움이 많은 대회였고, 씁쓸한 기분을 느낄 수밖에 없는 대회였습니다.

아쉬움이 남는 것은 김연아 선수의 피겨스케이팅 은메달과 관련한 일종의 추문입니다. 많은 사람이 보기에 편파판정의 여운을 남겨 전 세계의 언론과 팬들에게 실망을 안겨주었고, 항의하게 만들었습니다. 많은 언론이 김연아 선수가 금메달이 아닌 것에 의문을

제기하였고, 'change.org'라는 온라인 사이트에서는 여자 피겨스
케이팅의 판정을 바로 잡으라는 청원이 진행되기도 했습니다.

그러나 당사자인 김연아 선수는 정말 성숙한 스포츠맨십을 발휘
하였습니다. 누구보다 아쉬움이 컸겠지만, 의문이 있는 판정이 내
려진 뒤에 진행된 인터뷰를 통해 "나에게 가장 중요한 것은 동계
올림픽에 참가하는 것이다. 나의 마지막 시합이고 지금 여기 있어
행복하다."라고 했습니다. 역시 그녀는 빙판 위의 여왕이라 불리기
에 충분했습니다.

동계 올림픽 기간 내내 씁쓸한 기분을 들게 한 일도 있었지요.
러시아 대표로 출전한 빅토르 안을 보는 것이었습니다. 그는 몇 년
전까지만 해도 대한민국의 대표인 안현수 선수였습니다. 그런데 그
가 언제부턴가 빅토르 안이 되어 우리의 눈앞에 나타났고, 이번 동
계 올림픽에서는 금메달을 세 개나 목에 걸었습니다.

이 글을 읽는 당신이 김연아 선수라면, 어떻게 인터뷰했을까요?
또한 당신이 안현수 선수라면, 어떤 선택을 했을까요?

우리의 생활은 칼릴 지브란의 말과 같이, 우리가 삶을 움직이는
태도와 마음이 일어나는 일을 어떻게 바라보느냐에 따라 결정됩니
다. 삶의 방향을 좀 더 긍정적이고 진취적인 방향, 모두의 마음에
감동을 주는 방향으로 잡는 것은 어떨까요?

모든 것은 우리의 마음이 일어나는 일을 어떤 시각으로 바라보느냐에 따라 달라집니다. 그런 점에서 저는 이번 동계 올림픽을 바라보면서 한 가지 생각합니다.

옳았던 일이던 옳지 못했던 것이던 시간이 지나면 모두 지나 버린 과거가 된다. 그러므로 나는 나의 생활에 옳은 것을 과거로 남기는 삶을 살고 싶습니다.

사랑에는 마음의 고통이 따른다.

> As a rose can't live without the rain, so a heart
> can't love without risk of pain. (Unknown)
> 장미가 비가 없이 살 수 없는 것과 마찬가지로, 마음은 고통
> 의 위험 없이 사랑할 수 없다. (작가미상)

지난주(2013년 2월 21일~23일)에는 동경으로 해외 출장을 다녀왔습니다. 2박 3일간의 짧은 시간의 나들이였습니다. 그런데 귀국 후, 이틀 밤을 혼자 보낸 아내와 만나서 얘기하다가 그만 소리를 높이고 말았습니다.

짧은 시간이지만 부부가 잠시라도 떨어져 있다 만났으니 다정다감하고 사랑스러운 목소리로 달콤하게 속삭였어야 했는데 말이지요. 곧 미안하다고 말을 했지만, 저녁을 먹다가 또 언성을 높이는 일이 일어났습니다.

사람은 참 간사한 동물이어서 자신의 마음에 조금만 거슬리면 가장 가까운 사람일수록 쉽게 싫은 내색을 하게 되는 모양입니다. 저의 경우를 보면…. 덕분에 아내로부터 "당신 NLP 트레이너 맞아

요?"라는 뼈있는 한마디를 들었답니다. 저는 당연하게 "NLP 트레이너도 사람이다"라고 대꾸했지요. 지금 생각해보니 참 어이없는 부부간의 대화였습니다. 여기서 있는 그대로 옮기지는 못하지만, 상대에게 상처를 줄 수도 있는 말을 주고받았으니 말입니다.

아름다운 꽃의 대표 격인 장미꽃도 비바람을 견뎌내고 피어난다고 합니다. 마찬가지로 우리의 마음은 고통을 겪지 않고는 사랑할 수가 없다고 하네요.

마음에 고통을 주지 않고 사랑하는 방법은 없을까요?

사람을 이롭게 하는 솜과 같이 따뜻한 말을 하라.

利人之言 煖如綿絮 (이인지언)은 (난여면서)하고
傷人之語 利如荊棘 (상인지어)는 (이여형극)하야
一言半句 重値千金 (일언반구) (중치천금)이요
一語傷人 痛如刀割 (일어상인)에 (통여도할)이니라.

(明心寶鑑 言語篇)

사람을 이롭게 하는 말은 따뜻하기가 솜과 같고 사람을 상하게 하는 말은 날카롭기가 가시 같으니, 한마디 말은 엽전 천냥의 무게와 같고 한 마디 말이 사람을 해치는 것은 그 고통이 마치 살을 칼로 베는 것처럼 아프다. (명심보감 언어편)

설 명절이 되었습니다. 설이 되면 서로 헤어져 살던 일가친척들과 형제자매들이 한자리에 모이게 됩니다. 설은 서로의 안부를 묻고 새로운 각오를 다지며 서로에게 덕담을 주고받는 소중한 우리 민족 고유의 명절입니다. 따뜻한 말 한마디가 모처럼 만난 혈육 또는 이웃 사람을 격려하여 용기를 주기도 하고, 사소한 말 한마디가 상처를 주어 혈육 간이 남보다 멀어지는 경우가 생기기도 합니다.

설 명절에 솜과 같이 따뜻한 말을 하는 우리가 되기를 소망합니다. 즐겁고 행복한 설 명절 되십시오.

진정한 부는 건강이다.

> It is health that is real wealth and not pieces of gold
> and silver. (Mahatma Gandhi)
> 진정한 부는 금은보화가 아니라 건강이다. (마하트마 간디)

이 세상을 풍요롭게 하는 부는 많습니다. 우리의 삶을 풍요롭게 하는 부도 많습니다. 자본주의 사회를 사는 우리의 관점에서 금은보화는 많이 가지면 가질수록 좋습니다.

하지만 아무리 많은 금은보화가 있다 하더라도 건강하지 못하다면 금은보화의 가치는 떨어질 수밖에 없습니다.

우리가 가져야 할 진정한 부는 건강입니다. 몸과 마음의 건강이 진정한 부입니다.

오늘도 즐겁고 행복한 선택을 하자.

> Anyone can become angry. That is easy. But to be angry with the right person to the right degree at the right time for the right purpose and in the right way, that is not easy. (Aristotle)
>
> 누구나 화를 낼 수 있고, 화를 내기는 쉽다. 그러나 적절한 때에 적당한 사람에게 적절한 정도로 올바른 목적을 위해 바른 방법으로 화를 내기는 쉽지 않다. (아리스토텔레스)

저는 매일 대중교통을 이용합니다. 시내버스와 지하철을 이용하지요. 가끔 특정한 노선의 버스를 타게 되면 한 기사님을 만나게 되는데, 타고 내리는 승객들에게 빠짐없이 인사를 건네는 분이랍니다. 그 버스를 타면 괜히 기분이 좋아집니다. 그런데 같은 노선의 버스 기사 중에는 난폭운전을 하는 사람도 있습니다. 똑같은 노선의 버스이지만 어떤 기사가 운전하는 차를 타느냐에 따라 나의 기분이 달라집니다.

전철 기관사님 중에도 특이한 안내 방송을 하는 분이 있는데 마치 라디오 방송의 디스크자키(DJ)를 연상하게 하는 멘트를 날리는 분이 있습니다. 저는 이 분을 주로 늦은 시간에 7호선 지하철을 탔을 때 가끔 목소리로 만납니다. 주로 "오늘 하루도 수고했다, 오늘 밤 편히 쉬고 즐거운 마음으로 내일을 맞이하자."는 내용입니다. 이 전철을 내릴 때면 입가에는 미소가, 가슴 속에서는 힘이 불끈 솟는답니다.

우리는 다른 사람에게 화를 낼 수도 있고, 다른 사람의 기분을 좋게 할 수도 있습니다. 또한, 우리는 다른 사람의 사소한 행위나 말로 인하여 우리의 기분이 좋아지기도 하고 화를 내기도 합니다. 이런 모든 것은 우리에게 감정이 있기 때문이지요.

우리가 지금이라는 시간, 지금 내가 있는 공간, 지금 하고 있는 일을 어떻게 할 수는 없습니다. 그러나 지금 이 시각, 이 공간에서 내가 하는 일을 어떤 마음으로 할지는 선택할 수 있습니다. 이 상황에 대해 화를 낼 수도 있고, 나의 기분뿐만 아니라 다른 사람의 기분까지 좋게 할 수도 있습니다. 저는 오늘도 즐겁고 행복한 날이 되는 선택을 하기를 소망합니다.

가장 아름다운 나비도 애벌레 시절이 있었다.

> The expert in anything was once a beginner.
>
> (Helen Hayes)
>
> 어떤 분야의 전문가도 한때는 초보자였다. (헬렌 헤이스)

당신은 어떤 분야의 전문가입니까? 약간은 도발적인 느낌도 드는 이 질문에 대한 당신의 반응은 무엇인가요? 많은 사람은 전문가라는 말을 듣는 순간 자신은 아닌 것 같은 느낌과 나와는 거리가 먼 단어라는 생각을 하게 됩니다. 겸손일 수도 있고 자기 자신에 대해 잘 모르는 경우일 수 있습니다.

사전적 정의에 따르면, '전문가는 어떤 것을 하는 데 아주 능숙하거나 특정한 주제에 관하여 많이 아는 사람(An expert is a person who is very skilled at doing something or who knows a lot about a particular subject.)'이라고 합니다.

이제 당신이 전문가라는 사실을 인정할 수 있나요? 당신이 능숙하게 할 수 있는 것이 많이 있을 것입니다. 그것이 무엇인가요? 아주 사소하게 여겨질지라도 당신이 능숙하게 하는 것이 있다면 당신은 그 분야의 전문가입니다. 사람은 누구나 어떤 분야의 전문가입니다. 사람이 태어나서 성장하면서 말하기를 배우거나 걷기를 배우는 과정이 모두 전문가가 되어가는 과정이라고 생각합니다. 물론 말을 하거나 걷는데 불편이 있는 분들도 있지만, 그분들은 또 다른 분야에서 능숙하게 할 수 있는 것들이 있고 그 분야의 전문가입니다.

오늘은 남아있는 우리 인생의 첫날입니다. 오늘이 바로 우리가 또 다른 분야의 전문가가 되기 위해 어떤 것을 시작하기에 적당한 날이기도 합니다. 꽃밭을 나는 아름다운 나비들도 애벌레인 시절이 있었고, 시간이 지나 나비로 변했듯이 우리도 어떤 것이든 지금 시작하여 자신만의 독특한 분야의 전문가가 될 수 있습니다.

사람들은 자신의 인생을 통하여 많은 성공 경험이 있고, 잠재의식은 그 경험들의 기억이 있습니다. 마찬가지로 우리의 잠재의식은 우리가 어떤 분야의 전문가가 되면서 겪었던 과정을 하나하나 기억하고 있어서, 우리가 다른 일을 하고 그 분야의 전문가가 되고자 할 때 역할을 하게 됩니다. 당신은 이미 어떤 분야의 전문가이며, 또 다른 분야의 전문가가 될 수 있습니다. 전문가도 처음에는 초보자였습니다.

치유를 위해서는 아픔을 파헤칠 용기가 필요하다.

> Healing takes courage, and we all have courage, even if we have to dig a little to find it.
>
> (Tori Amos, Pop Rock Singer)
>
> 치유는 용기가 필요하다. 우리가 용기를 찾아내기 위해 약간 파헤쳐야 할지라도, 우리는 모두 용기를 가지고 있다.
>
> (토리 에이모스, 가수)

얼굴을 스치는 공기가 많이 차가워졌음을 느낍니다. 여름 동안 그렇게 뜨겁게만 느껴졌던 햇살도 이제는 다정하게 느껴집니다.

주변의 나무와 풀들은 이제 자기만의 독특한 색을 뽐낼 준비를 하기도 하고 이미 자신의 색깔을 뽐내고 있기도 하고요. 자신만의 색을 뽐내는 나무와 풀들도 우리처럼 불볕더위와 폭우로 힘든 여름을 보냈을까요?

아마도 나무와 풀들도 불볕더위와 폭우로 찢기기도 부러지기도 한 아픈 상처를 입었겠지요. 그러나 그런 힘든 여름을 이겨냈기에 이제는 자신들이 가진 아름다움을 뽐낼 시간이 온 것 아닐까요? 자연의 일부인 나무와 풀은 사람과는 달리 몸의 상처만 아물면 그만인 것처럼 보입니다.

그러나 사람은 어떤가요? 육체적 상처와 마음의 상처를 동시에 치유해야만 온전한 치유가 일어납니다. 특히 육체적 상처는 쉽게 의사나 약사 등 외부적 도움을 받아 치료할 수 있습니다. 그러나 마음속의 상처는 용기를 내지 않으면 치유되지 않습니다. 육체적 상처는 사람의 의지와 별 상관없이 시간이 지나면 아무는 경우도 있습니다. 그러나 마음속의 상처는 시간이 지날수록 응어리가 되고, 더욱 딱딱하게 굳어가게 됩니다.

따라서 우리는 마음속의 상처가 딱딱하게 굳기 전에 그것을 파헤치고 부드러워지게 해서 분해할 용기가 필요합니다. 이것을 녹이기 위해서는 때에 따라 육체의 상처 치료를 위해 의사나 약사 등의 도움을 받듯이 전문가의 도움을 받는 것도 용기입니다. 그 용기를 찾아내고 쓸 수 있는 사람은 자기 자신뿐입니다.

육체에 고름이 생겼을 때 순간의 아픔을 참아내고 그 상처 부위를 도려내고 고름을 없애고 시간이 지나면 깨끗이 아물어 본래의 모습을 되찾습니다. 우리의 마음도 마찬가지입니다. 마음속의 상처를 드러내고 상처를 아물 수 있게 하는 것은 그것을 파헤치고 도려낼 수 있는 용기를 내는 것입니다.

혹시라도 마음속의 응어리가 있다면, 그것을 찾아내고 녹여 없애는 자신 마음속의 용기를 찾아내십시오. 치유를 위해서는 용기가 필요하고 그 용기를 찾아내고 사용할 수 있는 사람은 자기 자신입니다.

질병 치료를 위해서는 약물 복용과 함께
마음을 다스려야 한다.

> Medicine is only palliative. For behind disease lies the cause and this cause NO DRUG can reach.
>
> (Dr. Weir Mitchell MD)
>
> 약은 일시적 완화제일 뿐이다. 왜냐하면, 질병 이면에는 원인이 있고 어떤 약도 이 원인에 도달할 수 없다. (웨어 미첼)

육체의 질병을 치료하는 방법은 일차적 방법은 약물을 복용하는 것입니다. 그러나 질병을 일으키는 원인이 있고 이 원인은 마음에서 시작되는 경우가 많습니다.

육체적 이상 징후는 약물이 치료할 수 있지만, 마음은 먹는 약으로는 치유할 수가 없습니다. 다양한 방법을 통하여 마음을 다스려야 합니다.

사랑, 감사, 칭찬, 용서, 배려, 기도, 명상, 웃음, 긍정적인 말등은 마음을 다스리는 다양한 방법들입니다. 자신에게 맞는 마음을 다스리는 법을 실천하는 것이 중요합니다.

올바른 언어 사용으로 당신의 세계를 풍요롭게 하라.

> You don't need to take drugs to hallucinate;
> improper language can fill your world with problems
> and spooks of many kinds. (Robert A. Wilson)
> 당신은 환각을 느끼기 위하여 마약을 먹을 필요가 없다. 부적
> 당한 언어가 당신의 세계를 많은 문제와 유령으로 채울 수
> 있다. (로버트 윌슨)

일상생활 속에서 우리는 일어나지 않은 일이나 사건 때문에 미리 걱정하고 공포를 느끼는 경우가 더러 있습니다. 올바른 행동을 수반한다면, 미리 걱정하는 것이 사전 준비를 위해서 도움이 될 때도 있습니다. 그러나 미리 걱정을 하는 것과 일어나지 않은 일에 대비를 하는 것은 별개의 문제입니다. 대비한다는 것은 사전에 어떤 일을 예측하고 그것을 바른 방법으로 준비하는 행동을 수반하지만, 걱정하는 것은 행동이 없는 마음(정신)의 문제이기 때문입니다.

1970년대 미국에서 밴들러(Bandler)라는 한 젊은 대학생이 특정한 분야에 종사하는 사람들의 언어사용이 다른 사람들의 삶을 어떻게 바꾸는가에 대해 발견을 합니다. 그리고 이 대학생의 발견에 그린더(Grinder)라는 언어학 교수가 함께합니다. 두 사람은 서

로 연구하고 행동으로 실천한 내용을 종합하여 '마술의 구조(The Structure of Magic)'라는 책을 세상에 선보입니다. 그 책 속에는 이런 말이 포함되어 있습니다.

"마술은 우리가 말하는 언어 속에 숨어있다. 당신이 이미 가진 언어와 성장을 위해 (마술을 걸기 위한) 주문의 구조에 집중하기만 한다면 당신이 묶을 수도 있고 풀 수도 있는 거미줄을 자유자재로 사용할 수 있다."

우리의 삶 속에서 일어나는 마법과 같이 일어나는 사건들은 우리가 사용하는 언어에 그 해답이 있다는 것이지요. 어떤 언어를 어떻게 사용하느냐에 따라 사람의 마음을 공포로 몰아넣기도 하고, 마음의 병을 고치기도 한다는 것입니다.

실제로 가수들이 어떤 노래를 부르느냐는 그 가수의 인생을 결정합니다. 슬픈 노래를 부른 가수들의 삶이 실제로 슬픈 결말을 가져왔다는 통계가 있습니다.

우리의 생각을 겉으로 드러내는 말, 어떻게 사용할지는 순전히 개인의 몫입니다. 당신은 어떤 말을 사용하시겠습니까? 당신이 사용하는 말에 따라 당신의 정신세계는 문제가 득실거리고 많은 유령이 각양각색의 춤을 출 수도 있고, 당신의 삶을 아름답게 행복하게 만드는 풍요로운 낙원이 될 수도 있습니다.

몸과 마음에 도움이 되는 생각을 하라.

Reprogram unhelpful thoughts. Your mind is a major instrument in your symphony of healing. It sets the tone for the rest of the body. (J.J. Goldwag)

도움이 되지 않는 생각을 재구성하라. 당신의 마음은 당신의 치유 교향곡에서 주요한 악기이다. 마음은 나머지인 신체를 위한 분위기를 만든다. (골드웨그)

저는 어제부터 따스한 봄이라 생각하고 외투를 벗었습니다. 버스와 지하철을 갈아타며 매일 대중교통을 이용하는 저는 버스를 기다리며 쌀쌀한 공기 때문에 아직 쌀쌀한데 외투를 너무 빨리 벗었나 하는 생각을 하였습니다. 그런 생각을 하자마자 몸은 더욱 추위를 느끼기 시작하였습니다. 순간 나는 마음을 고쳐먹기로 생각했습니다. 나는 외투를 벗은 나의 선택이 옳았다고 자신을 위로하면서 곧 따스한 햇볕이 나의 몸을 따뜻하게 해줄 것으로 생각했습니다. 그러자 곧 추위는 사라지지 시작했습니다.

경우는 약간 다를지 모르겠지만, 우리는 일상생활이나 업무를 하면서 사람들과의 관계에서 마음의 상처를 받고 마음이 찢긴 것 같다는 말을 하기도 합니다. 그러나 마음은 자신을 다시 크게 만들 수도 있는 복원능력이 있습니다.

"모든 것은 마음이 만들어 낸다."는 '일체유심조(一切唯心造)'라는 말이 있듯이 사람과 관련되는 모든 일에 있어서 우리의 마음은 매우 중요한 역할을 합니다. 몸과 마음의 치유에서도 마찬가지입니다.

생각은 우리의 신체가 건강해지도록 만드는 악기의 역할을 합니다. 서로 다른 특색을 지닌 다양한 악기가 모여 아름다운 음악을 만들어 내듯, 우리의 생각은 신체의 각 부위의 특징과 다양한 특색을 나타내는 주요한 악기입니다. 어떤 생각이던지 나의 몸과 마음에 도움이 되는 생각을 하면 나의 몸은 교향악단이 되고 좋은 소리를 내게 될 것입니다. 모든 것은 마음이 결정합니다.

마음속에 행복을 쌓을 창고의 크기를 키우라

> Keeping baggage from the past will leave no room for happiness in the future. (Wayne L Misner)
>
> 과거에 생긴 마음의 응어리를 간직하고 있으면 미래에 행복을 위한 공간이 없다. (웨인 미스너)

과거 없는 현재는 없습니다. 그러나 우리가 과거에 생긴 마음의 응어리를 모두 간직하게 된다면, 우리의 마음속은 온통 응어리로 가득 차게 될 것입니다.

현재 당신의 마음속에 과거에 생긴 마음의 응어리를 위한 창고를 가지고 있습니까?

마음의 응어리를 위한 창고가 커지면 커질수록 행복을 쌓을 창고는 작아질 것입니다. 당신은 미래에 행복한 삶을 살고 싶은가요? 그렇다면 행복을 쌓을 창고의 크기를 키우십시오.

행복을 쌓을 창고가 커지면 커질수록, 응어리를 쌓을 창고의 크기는 줄어들 것입니다. 마음속에 과거의 응어리는 버리고 행복은 하나하나 소중하게 간직하십시오.

행복을 위한 마음속 창고의 크기가 당신의 행복한 미래를 결정
할 것입니다.

충분히 자라.

Healing happens when you sleep. (Mary Rabyor)
치유는 당신이 잠을 자는 동안 일어난다. (마리아 라브요)

사람에게 충분한 수면은 도대체 몇 시간일까?

시대가 발전하고 개인 간의 경쟁이 치열해지며, 사람들 사이의 관계가 복잡해짐에 따라 사람의 수면 시간이 줄어들고 있습니다. 그만큼 할 일이 많아진 것이지요. 그렇지만 대부분 사람은 자신의 일생의 약 3분의 1 정도의 시간을 잠을 자는 데 쓴다고 합니다. 그리고 연령대별로 본다면, 사람은 유아기에 가장 많은 잠을 자고 나이가 들어갈수록 수면 시간은 줄어들며, 노인이 되면 잠이 없어 진다고 하지요.

또 일찍 자고 일찍 일어나는 것이 좋은지, 늦게 자고 늦게 일어 나는 것이 좋은지는 사람에 따라 많은 차이가 있습니다. 어떤 사람 들은 아침에 일찍 일어나는 것이 좋다고 하고, 어떤 사람은 아침잠 을 충분히 자야 한다고 말하기도 합니다.

우리는 자주 "잠이 보약이다"라는 말을 듣습니다. 전문가들에 의하면, 잠을 깊이 자게 되면 노화된 세포가 새것으로 탈바꿈하게 되어 우리에게 새로운 에너지를 공급한다고 합니다. 따라서 밤 동안에 충분한 잠을 자지 못하는 것은 몸에 이상이 있는 것으로 볼 수 있다는 것이지요.

저의 개인적인 경험에 따르면, 잠은 육체의 피로를 해소하고 지친 정신을 맑게 하는 데는 최고의 보약인 것 같습니다. 실제로 저는 육체의 피로감을 심하게 느끼거나 마음이 복잡하고 지칠 때 잠을 잡니다. 잠을 자고 일어나면 육체의 상태가 호전되고 기분이 전환되는 것을 느끼곤 합니다. 잠을 자는 사이 육체와 정신에서 치유가 일어난 것이지요. 여러분은 어떤가요?

무엇 때문에 글을 쓰는가?

> Writing means sharing. It's part of the human condition to want to share things - thoughts, ideas, opinions. (Paulo Coelho)
>
> 글을 쓰는 것은 공유하는 것을 의미한다. 글을 쓰는 것은 생각, 아이디어, 그리고 의견을 공유하기를 바라는 인생사의 일부이다. (파울로 코엘료)

사람들은 간단한 경구(警句)나 단어(單語)로 사람을 감동시킬 때, 촌철살인(寸鐵殺人)이라는 말을 많이 쓴다. 글자가 지닌 원래의 뜻은 '손가락 한 개 폭 정도의 무기로 사람을 죽인다.'는 말이다. 아주 작은 무기가 사람의 목숨을 빼앗을 수 있듯이 우리가 사용하는 아주 사소한 말 한마디, 단어 하나도 사람의 생명을 빼앗을 수도, 살릴 수도 있을 만큼의 힘을 가지고 있다는 뜻이다. 우리가 입에 담는 말이나 글로 표현하는 단어들이 그만큼 중요하다는 것을 의미한다.

나는 가끔 나의 글을 읽은 분들로부터 "글 잘 읽고 있습니다. 글을 읽고 힘이 났습니다."와 같은 기분 좋은 말을 들을 때가 있다. 한동안 글을 쓰지 않은 적이 있었을 때는 왜 글을 쓰지 않느냐고

물어오는 분도 있었다. 참 고마운 분들이다. 내가 글을 쓰도록 용기를 주는 분들이다. 어제도 그런 분을 만났다. 그분은 나에게로 다가와 활짝 웃으며, "어떻게 그렇게 글을 잘 쓰세요. 만나면 쓰신 글 잘 읽고 있다는 말을 꼭 하고 싶었어요."라며 인사를 해 주셨다. 사실은 그분의 칭찬 때문에 이 글을 쓰는 중이다.

베스트셀러 '연금술사(The Alchemist)'로 우리에게 알려진 브라질 출신의 소설가 파울로 코엘료(Paulo Coelho)의 말처럼, 내가 글을 쓰는 것은 무엇인가를 공유하고 싶은 마음에서다. 우선은 글을 쓰는 동안 스스로와의 대화를 통해서 나 자신을 일깨우고 싶고, 내 생각과 느낌을 내가 알고 지내는 분들과도 나누고 싶다. 그래서 언젠가부터 글을 쓰게 되면, 내가 사용하고 있는 다양한 SNS에 글을 올린다.

내가 글을 쓰면서 지키는 원칙은 한 가지다. 가능한 한 긍정적이고 희망적인 언어를 사용한다는 것이다. 다른 분들이 내가 쓴 글을 읽을 때, 긍정적이고 희망적인 에너지나 느낌을 받을 수 있는 글을 쓰고자 하는 나의 바람이다. 내 글을 읽는 단 한 분이라도 내 생각에 동의하고, 때에 따라서는 공감하고 힘을 얻을 수 있는 분이 있다면, 나는 그것으로 만족이다.

그렇지만, 나도 책을 몇 권 낸 저자로서 베스트셀러에 대한 욕심과 많은 사람이 나의 글을 읽어 주었으면 하는 바람이 있다. 때로는 부정적 언어, 세상을 비판하고 말초신경을 자극하는 원색적인 말들로 많은 사람들의 관심을 끌어볼까 하는 유혹도 받는다.

그럴 때면, 나는 내가 정신적으로 힘들었던 시기에 나를 긍정적으로 인정해 주고, 나의 자존감을 살리도록 나를 위한 배려의 말씀을 해 주신 한 목사님을 떠올린다. 그 목사님과의 잠깐의 대화로 나는 큰 힘과 용기를 얻었었다.

지금도 어떤 어려움이나 자극적인 언어, 부정적 언어를 사용하고 싶은 유혹을 받게 되면, 입을 다물려고 무진장 애를 쓴다. 칭찬의 말, 감사의 말, 용서의 말 등 긍정적이고 희망적인 말만 쓰는 것이 쉽지는 않지만, 꾸준히 노력하는 중이다.

사람을 귀하게 여기라.

> Leadership is not about the next election, it's about the next generation. (Simon Sinek)
>
> 지도력은 다음 선거에 관한 것이 아니라, 다음 세대에 관한 것이다. (사이먼 사이넥)

오늘(2016년 3월 22일) 아침 출근길에 자기의 이름이 쓰인 어깨띠를 두르고 인사하는 분을 보았다. 그분은 이미 국회의원을 지낸 적이 있고 현직 변호사다. 지하철 구내 개찰구 앞에서 출근하는 사람들을 향하여 연신 허리를 굽실대는 행위를 반복하였다. 잠시 후, 자신 앞을 지나는 사람이 없자 허리를 펴고 뒤로 젖히며 허리 운동을 하였다. 표를 구걸하는 인사를 하고 있음을 보여주는 장면이라 생각했다.

인사라 하면, 사람과 사람이 만났을 때 서로 마주 보고 예의를 표하는 것이다. 그러나, 선거철이 도래할 때마다 길거리에서 유권자를 향하여 인사를 하는 분들의 행태를 보면, (정말로 예의를 다해 진심으로 인사하는 사람에게는 미안한 말이지만….) 오직 선거를 위하여 표를 구걸하는 정상배의 행위로 밖에 보이지 않는다.

물론, 나는 내가 느끼기에 정성을 다해 예의를 갖추어 진심으로 지나가는 주민들에게 인사하는 분을 만난 적이 있다.

매일 아침 아파트 정문 횡단보도 앞에서 출근하는 주민들에게 인사를 하며 교통정리를 하는 분을 보았다. 출근길에 몇 달 동안 그런 장면을 목격하게 되니 호기심이 발동하였다. 하루는 출근길에 목적지보다 한 정거장 앞선 정거장에서 버스에서 내렸다. 여전히 같은 자리에서 출근길 주민들에게 인사를 하는 그분을 만나보고 싶어서였다. 내가 횡단보도를 건너 그분이 서 계신 쪽으로 가자 그분은 어김없이 나에게도 미소를 지으며 인사를 하였다. 나도 인사를 하며 잠시 서 있었다. 지나는 분들이 없는 틈을 타서 어떤 일을 하는 분이며, 무엇 때문에 매일 이렇게 인사를 하느냐고 물었다. (사실, 나는 그분을 만나기 전에는 그분에 대해 별 상상을 다 했다. 다음 선거에 출마하는 정상배인가? 무슨 잘못을 저질러 참회의 시간을 갖는 중인가? 등등)

서로 명함을 주고받았다. 뜻밖에도 그분은 그 동네에 있는 한 교회의 목사님이었다. 낮에는 많은 주민을 만날 수 없으므로 주민들을 쉽게 만날 수 있는 출근길에 인사를 한다고 했다.

그런데 그분은 우리가 흔히 보게 되는 다른 길거리 선교단처럼 요란스럽지도, 어깨띠를 두르지도 않았다. 단지, 얼굴에 가득담은 미소와 진심으로 주민들에게 허리를 굽혀 인사를 하고 있었다.

나처럼 호기심이 발동하거나 어떤 이유에서건 말을 붙여오는 사람에게는 자신의 신분을 밝히며 상대방이 원할 때 작은 가방 속에 준비해서 다니는 선교 물을 전달하는 것처럼 보였다.

나는 매일 그곳을 지나며 그분이 보이지 않을 때면, 무슨 좋지 않은 일이 있나! 은근히 걱정되기도 했다. 무슨 일이 있었느냐고 물으니 지방 부흥회나 기도원에 갈 때에는 나오지 못한다고 하였다.

'메뚜기도 한 철'이라는 말이 있다. 선거철이 다가오니 많은 메뚜기가 날뛴다. 지나가는 모든 사람이 자기를 지지하는 표로 보일 것이고, 그 표를 향하여 기계적으로 허리를 굽실대고 있을 것이 뻔하다. 또한, 많은 메뚜기는 제 분수를 모르고 이리저리 날뛰다가 조용히 사라질 것이다.

그러나, 자기가 사는 동네에서 조용하면서도 변함없는 마음으로 주민들을 섬기고 있는 이 목사님(인천광역시 서구 심곡동 소재 하나교회 담임목사)이야 말로 진정한 지도자가 될 자질을 지닌 분이 아닐까 생각해 본다.

'리더는 마지막에 먹는다(숫자가 아닌 사람을 귀중히 여기는 리더의 힘)'라는 책의 저자인 사이먼 사이넥(Simon Sinek)이 '지도력은 다음 선거에 관한 것이 아니라, 다음 세대에 관한 것이다.'라고 했듯이 눈앞의 표가 아니라 사람을 보고 진심으로 허리를 굽혀

일상속의 행복

인사하는 사람이 지도자가 될 자질이 있는 것이요, 마땅히 그런 분들이 지도자가 되어야 우리의 현재뿐만 아니라 미래도 담보할 수 있을 것이다.

오늘 내가 만나는 사람들에게 가치 있는 사람이 되자.

> A single conversation across the table with a wise man is worth a month's study of books.
>
> (Chinese Proverb)
>
> 현명한 사람과의 단 한 번의 대화는 한 달 동안 읽는 책만큼이나 가치 있다. (중국속담)

햇볕이 따스한 3월의 마지막 주입니다. 거리에서 대중교통 안에서 만나는 사람들의 옷차림이 가벼워지고 있음을 알 수 있습니다. 지난겨울 동안에는 눈도 많이 내리고 추운 날씨가 이어졌지만, 우리는 서서히 겨울을 잊어갑니다. 그리고 따스한 햇볕과 얼굴을 스치는 바람에서 온기를 느끼기 시작합니다.

사람과 사람의 만남은 어떤가요? 세상을 살아가다 보면 겨울 날씨 같은 사람도, 봄 날씨 같은 사람도, 여름 날씨 같은 사람도, 그리고 가을 날씨 같은 사람도 만나겠지요.

중국 속담이 "현명한 사람과의 단 한 번의 대화는 한 달 동안 읽는 책만큼이나 가치 있다."고 말합니다. 그만큼 사람이 중요하다는 말이겠지요.

일상속의 행복

오늘 내가 만나는 사람이 누구이든 그 사람이 현명한 사람일 수 있습니다. 만나게 되는 한 사람 한 사람을 내가 한 달 동안 읽는 책만큼이나 가치가 있는 말을 들려줄 수 있는 사람이라고 여기고 대한다면 어떨까요?

내가 만나는 사람이 그런 현명한 사람이라고 여기고 한마디 대화를 나누더라도 진정으로 임한다면, 아마도 그 대화를 통하여 우리는 지금까지 알지 못했던 것을 알 수도 있고 큰 깨달음을 얻을 수도 있을 것입니다.

나는 오늘 내가 만나는 사람들에게 가치 있는 사람이 되기 위해 노력할 것을 약속합니다.

오늘 할 수 있는 일을 하라.

I am only one,

But still I am one.

I cannot do everything,

But still I can do something;

And because I cannot do everything,

I will not refuse to do the something that I can do.

(Edward Everett Hale)

나는 단지 한 사람이지만,

여전히 나는 그 한 사람입니다.

나는 모든 것을 할 수는 없지만,

여전히 할 수 있는 것은 있습니다.

그리고 나는 모든 일을 할 수 없으므로,

내가 할 수 있는 일을 할 것입니다. (에드워드 에버릿 헤일)

2014년 3월의 마지막 날입니다. 머리 위에 내리쬐는 따스한 햇볕과 얼굴을 스치는 바람이 상쾌합니다. 거리 곳곳에는 나름대로 자신이 가진 멋진 모습을 선사하기 위하여 꽃망울을 터뜨릴 준비를 하는 꽃과 나무들이 그리고 이미 활짝 핀 꽃들이 눈길을 끌며 발길을 멈추게 합니다. 마치 나의 멋진 모습을 좀 봐주고 가시라고 속삭이듯 말입니다.

일상속의 행복

그래서 저도 오늘 아침 출근길 활짝 핀 벚꽃에 취해 잠시 걸음을 멈추고 스마트폰으로 그 모습을 담았답니다. 뽐내고 자랑하고 싶은 것은 꽃과 나무뿐이 아니지요. 6.4 지방선거를 앞두고 길거리에는 벌써 명함들이 뿌려지고 있습니다. 자신이 최고의 꽃이라고 자랑하면서...

미국 출신의 작가이며 목사였던 에드워드 에버릿 헤일(1822~1909)의 말대로 우리는 모두 각자 단 한 사람입니다. 그리고 시간이 지나도 많은 일을 했든 하지 못했든 상관없이 여전히 그 사람입니다.

오늘 하루 당신은 어떤 멋진 모습을 자신에게 그리고 세상을 향해 선사할 준비를 하고 있나요? 어떤 꽃을 피울 준비를 하고 있나요? 2014년 청마의 해를 맞이하였다고 마음 설레며 계획했던 일들은 어떻게 진행되고 있나요? 벌써 1년의 4분의 1이 지나버렸다고 생각하고 있나요?

시간이 지난 것 사실이지요. 그러나 여전히 우리 앞에는 1년의 4분의 3이 남아있습니다. 모든 것을 다 할 수는 없겠지만, 여전히 할 수 있는 일이 있습니다. 오늘 하루 할 수 있는 일을 하며 자신을 격려하고 사랑하는 하루 보내시길 바랍니다.

친절한 말이 지친 마음을 치유한다.

> The words of kindness are more healing to a
> drooping heart than balm or honey. (Sarah Fielding)
> 친절한 말이 향유나 꿀보다 더 지친 마음을 치유한다.
>
> (사라 필딩)

지친 마음을 치유하는 데는 향유나 꿀보다 친절한 말이 더 중요
합니다. "말 한마디로 천 냥 빚을 갚는다"는 말이 있습니다. 사람
의 일과 관계에 있어 말의 중요성을 강조한 말입니다. 말은 우리의
몸과 마음을 치유하는데도 큰 역할을 합니다.

특히 친절한 말은 사람들이 지쳐 있을 때 무엇보다 소중한 치료
제입니다. 용기를 주는 말, 사랑을 느끼게 하는 말을 하는 여러분
되십시오.

자신의 독특함에 대해 깊은 존경심을 가지라.

> Having a low opinion of yourself is not "modesty".
> It's self-destruction. Holding your uniqueness in high
> regard is not "egotism". It's a necessary precondition
> to happiness and success. (Bobbe Somme)
> 자신에 대하여 낮게 평가하는 것은 "겸손"이 아니다. 그것은
> 자신을 파괴하는 것이다. 당신의 독특함에 대해 깊은 존경심
> 을 가지는 것은 "자만"이 아니다. 그것은 행복과 성공에 필요
> 한 전제조건이다. (바브 솜)

당신은 자신을 어떻게 평가합니까?

스스로 자신에 대해 어떻게 평가를 하는가는 우리의 인생의 행복과 성공에 큰 영향을 줍니다. 사람들은 흔히 자신을 낮추는 것이 미덕이고 겸손이라고 생각하는 경우가 많습니다.

물론 자신을 낮추는 것이 미덕이고 겸손일 때가 있습니다. 그러나 자신을 낮추는 것이 때로는 자신을 파괴하는 때도 있으니 자신의 독특함에 대하여 깊은 존경심을 가지는 것이 필요합니다.

자신의 있는 그대로의 모습이 곧 독특함일 수 있으니 자신을 존중하고 사랑해야 합니다. 자신을 존중하고 사랑하는 것은 행복과 성공을 위해 필요한 요소입니다. 조용히 시간을 나 자신의 독특함은 무엇인지 다시 한 번 살펴보십시오. 그리고 자신의 독특함에 대해 깊은 존경심을 표시하십시오.

바라는 것이 있다면 먼저 씨앗을 심어라.

Be aware of the of seeds you are planting each day.
Seeds of giving, joy, and happiness will blossom into
health, love, and prosperity. (J. J. Goldwag)
당신이 매일 심고 있는 씨앗을 알라. 기부, 즐거움, 그리고
행복의 씨앗은 건강, 사랑, 그리고 번영의 꽃을 피울 것이다.

(골드웨그)

우리가 매일 하는 생각이나 말은 마치 농부가 들판에 씨앗을 심는 것과 같이 우리의 의식과 무의식에 씨앗을 심는 것과 마찬가지입니다.

사람들은 누구나 건강하기를 바라고, 누군가를 사랑하며, 자신이 삶이 풍요롭기를 바랍니다. 그런데 많은 사람이 자신들의 바람과는 달리 이미 우리의 의식과 무의식에 심어져 싹을 틔우고 열매를 맺고 꽃을 피우기 바라며 기다리는 건강, 사랑, 그리고 풍요의 싹을 자신의 순간적인 생각이나 말로 잘라버리는 경우가 있습니다.

씨앗은 심는 것도 중요하지만 잘 기르는 것도 중요합니다. 물론 기르는 것보다는 심는 것이 우선이 되어야지요. "심는 대로 거둔

다," "콩 심는데 콩 나고 팥 심는데 팥 난다"는 말이 이를 잘 대변합니다.

　건강, 사랑, 그리고 풍요를 바랍니까? 그렇다면 건강, 사랑, 그리고 풍요의 꽃을 피울 수 있는 씨앗을 먼저 심으십시오. 어떤 것이든 누군가에게 줄 수 있는 것을 주는 기부, 즐거움, 그리고 행복의 씨앗을 먼저 심으십시오.

당신이 가진 최상의 것을 세상에 주라.

> Give the world the best you have and the best will
> come back to you. (Madeline Bridges)
> 당신이 가진 최상의 것을 세상에 주라. 그러면, 당신에게 최
> 상의 것이 되돌아올 것이다. (매들린 브리지스)

미국의 시인 마들린 브리지스(Madeline Bridges)는 '인생의 거
울(Life's Mirror)'이라는 시에서 세상에는 정직한 마음(loyal
hearts), 용감한 정신(brave spirits), 순수하고 진실한 영혼(pure
and true souls)이 있다고 말하며, 그중에 "당신이 가진 최상의
것을 세상에 주라."고 말합니다.

당신이 가지고 있는 것은 무엇입니까?
당신이 세상을 위해 줄 수 있는 최상의 것은 무엇입니까?

갑자기 이런 질문을 받아서 당신이 세상을 위해 줄 수 있는 최
상의 것이 무엇인지 즉시 답하기는 어려울 것입니다. 그러나 우리
는 날마다 우리의 일상생활 속에서 우리가 생각하지 못하는 방법
으로 세상을 위해 좋은 일을 많이 하고 있습니다. 우리가 가진 것
을 세상에 주고 있지만, 느끼지 못하고 인식하지 못할 뿐입니다.

봄에 피어나는 아름다운 꽃을 보고 '아름답다'고 감탄을 하는 것도 세상을 위해 좋은 일을 하는 것입니다. 어린이들을 보면 '귀엽다, 아름답다, 예쁘다, 잘 생겼다'고 말하는 것 역시 우리가 세상(아이들)에 사랑을 주는 것입니다.

　당신이 무심코 보내는 미소가 어떤 사람에게 큰 힘이 된다면, 그것 또한 세상을 위해 당신이 가진 것을 준 것입니다. 지금 당장, 그것이 무엇이든, 우리가 가진 (최상의) 것을 세상에 주는 실천을 해 보는 것은 어떨까요?

어울림이 살길이다.

> Harmony makes small things grow, lack of it makes great things decay. (Sallust)
> "조화는 작은 것들을 크게 성장하게 하지만, 조화가 없으면 위대한 것도 망하게 한다. (살루스티우스)

　로마의 역사가 살루스티우스(Caius Sallustius Crispus)는 "조화(調和)는 작은 것들을 크게 성장하게 하지만, 조화(調和)가 없으면 위대한 것도 망하게 한다."고 했습니다. 마치 영원할 것 같은 로마 제국의 멸망을 예언한 말처럼 들립니다.

　국회의원 선거를 앞두고, 정치권은 국민은 안중에도 없습니다. 정치권의 행태를 보면, '대한민국은 민주공화국'이고, '모든 권력은 국민으로부터 나온다'는 말은 그저 헌법에나 있는 말로만 보입니다. 국가의 주인은 국민인 것이 확실하고, '국회의원은 국민을 대표하는 헌법기관'인데 말입니다. 지금의 국회는 동네 주민들의 친목계보다 못하고, 국회를 구성하고 있는 국회의원들은 친목계를 조화롭게 잘 운영하여 동네의 발전을 이루는 상부상조하여 수준 높은 자치를 이루고 있는 동네 주민들의 수준에 훨씬 못 미칩니다. 한마디로 국민을 대표하기에는 함량 미달로 보입니다. 이번에는 투

표를 잘해야겠다고 생각합니다만, '그 나물에 그 밥'이라 걱정이
앞섭니다.

  개나리와 진달래가 사이좋게 피어서 그것을 바라보는 사람들에
게 살루티우스의 말을 우리에게 일깨워 주는 듯합니다. 자연은 말
합니다. 서로 조화를 이루어 상생하라고…. 조화를 이루어 서로 상
생할 때 서로의 아름다움이 더욱 빛난다고….

우아한 말은 영혼과 육체를 치유한다.

> Gracious words are a honeycomb, sweet to the soul
> and healing to the bones. (Proverbs 16:24)
> 우아한 말은 벌집과 같아서 영혼에 달콤하고 뼈를 치유한다.
> (성경, 잠언 16장 24절)

"말 한마디로 천 냥 빚을 갚는다"는 말이 있습니다. 또 "문은 무보다 강하다(The pen is the mightier than the swords)"라는 말도 있습니다. 그만큼 말이 중요하다는 이야기지요. 말과 관련된 책도 많습니다.

우리는 말을 잘 사용해야 합니다. 우리의 두뇌는 부정어를 잘 인식하지 못합니다. 그러므로 긍정적인 말을 사용하는 것이 무엇보다 중요합니다. 긍정적인 말은 우리의 두뇌에 긍정적인 영향을 줍니다. 따라서 긍정적인 말은 긍정적인 결과를 가져옵니다.

긍정의 말은 사람의 영혼을 구원하며 신체의 병도 치료할 수 있습니다.

마음은 자신을 복원하는 방법을 가지고 있다.

The human heart has a way of making itself large again even after it's been broken into a million pieces. (Robert James Waller)

인간의 마음은 그것이 천 갈래 만 갈래 찢어진 이후에 조차도 스스로 다시 크게 만드는 방법을 가지고 있다.

(로버트 제임스 월러)

"육체의 상처는 치유할 수 있어도 마음의 상처는 치유할 수 없다."는 말이 있습니다. 이와는 반대로, "마음은 산산조각이 난 후에라도 자신을 더 크게 만드는 법을 알고 있다."는 말도 있습니다.

전자의 경우는 우리에게 '다른 사람의 마음을 아프게 하는 언어나 행위를 삼가라'는 경고일 것이고, 후자의 경우는 '인간의 마음은 어떠한 경우라 하더라도 그 마음의 소유자가 어떤 마음가짐을 가지느냐에 따라 부정적 영향을 받지 않고 더 큰마음을 만들 수 있다'는 점을 일깨우고자 하는 말로 생각됩니다.

인간은 스스로 자신의 몸과 마음을 원래 상태로 만들고자 하는 복원력과 자연 치유력을 갖고 있다는 사실도 이를 뒷받침하고 있습니다. 여러분은 어떻게 생각하시나요?

먼저 자신을 위한 사람이 되라.

> We must be our own before we can be another's.
> (Ralph Waldo Emerson)
> 우리는 다른 사람을 위한 사람이 될 수 있기 전에 자신의 사
> 람이 되어야만 한다. (랄프 왈도 에머슨)

사람은 세상을 혼자 살 수 없습니다. 태어나는 순간, 여러 사람과의 관계가 형성됩니다. 소위 가족관계이죠. 그리고 시간이 지나면서 그 관계는 학교, 조직 등으로 확대되어 갑니다.

그런데 아쉽게도 사람들과의 관계가 확장되어 가면서 자신만의 색과 소리, 그리고 자신만의 느낌을 잃어가는 경우가 많습니다. 한마디로 자신을 위한 삶을 살아가기보다는 다른 사람들에게 자신이 어떻게 보이는가에 초점을 맞추어가는 경우가 많다는 이야기입니다.

자신의 소리를 내기보다는 다른 사람이 어떻게 말할까를 생각하고, 자신만의 느낌을 소유하기보다는 다른 곳에서 전해오는 느낌을 바라는 것이지요. 이 글을 읽는 여러분들 속으로 저에게 말하겠죠? 너는 어떤데? 저요? 예외일 수 없습니다.

지난 시간을 되돌아보니 어느 순간부터 저를 위한 삶을 살았다기보다는 남의 눈에 내가 어떻게 비춰야 하나에 초점이 있었습니다. 그래서 성공을 꿈꾸었고, 부자가 되기를 소망했고, 권력을 잡고자 하였지요. 그러던 어느 날부터 자신을 찾는 일에 눈을 뜨기 시작하였습니다. 나 없는 세상은 아무런 의미가 없다고…. 나를 위한 사람이 먼저라고….

지금 몇몇 유명 인사들이 언론을 통하여 구설에 오르고 있는데요. '똥 묻은 개가 겨 묻은 개 나무라는 꼴'이 될까 조심스럽지만, 아마도 이 사람들이 자신들의 색과 소리, 느낌에 충실한 수신(修身)을 제대로 한 사람들이라면 지금과 같은 구설에 오르고 있을까요?

인생은 누군가에게 보여주기 위한 것이 된다면, 무리가 따르기 마련입니다. 자신의 인생은 부모를 위한 것도, 배우자를 위한 것도, 자식을 위한 것도, 조직원들을 위한 것도 아닙니다.

자신의 인생은 오직 자신을 위한 인생이어야 합니다. 자신의 인생을 축복하는 시간이 되기를 소망합니다.

사람은 자신이 믿는 대로 된다.

> Man is what he believes. (Anton Chekhov)
> 사람은 자신이 믿는 대로 된다. (안톤 체호프)

어떻게 생각하세요? "사람은 자신이 믿는 대로 된다."는 이 말!!!

사실, 저는 이 말에 동의하는 사람입니다. 제가 쓴 책 〈새로운 자기 창조 NLP〉에도 "우리의 모든 것은 우리가 생각했던 것의 결과이다. 마음이 모든 것이다. 우리가 생각하는 것이 우리가 된다." 라고 썼습니다.

그런데 최근 며칠간 이 말이 저가 많은 것을 생각하게 하였습니다. 두 가지 뉴스 때문인데요. 한 가지 뉴스는 대한민국에서 살아가기가 힘이 들어 가족이 함께 이 세상을 떠났다는 가슴 아픈 소식이고요. 다른 하나는 선거철이 되니 모두 자기가 잘났다고 하는 사람들에 관한 뉴스입니다.

"사람은 자신이 믿는 대로 된다."는 이 말에 동의한다면, 지금 자신에 대해 믿는 것은 무엇인가요? 동의하지 못한다면, 무엇 때문인가요?

몸과 마음의 치유에는 때가 있다.

> Just like there's always time for pain, there's always time for healing. (Jennifer Brown)
> 고통의 때가 있는 것과 마찬가지로, 치유의 때가 있다.
>
> (제니퍼 브라운)

모든 일에는 적절한 때가 있습니다.
공부하는 것도
돈을 버는 것도
권력을 추구하는 것도
모두 때가 있습니다.

그러나 무엇보다도 중요한
몸과 마음의 건강을 지키는 일이야말로
때를 잘 알아야 합니다.

치유의 척도는 평온함에 있다.

> Of one thing I am certain, the body is not the measure of healing, peace is the measure.
>
> (Phyllis McGinley)
>
> 내가 확신하는 것 한 가지는 '치유의 척도는 육체에 있는 것이 아니라 평온함에 있다'는 것이다. (필리스 맥긴리)

언젠가 신문에서 '힐링, 치유가 현재의 화두라고 한다면 앞으로의 화두는 행복이 될 것이다'라는 내용의 기사를 읽은 적이 있습니다.

사회에는 한순간 찾아왔다가 사라지고 어느 일정 시점이 지나면 다시 찾아오는 유행이 있습니다. 특히, 그러한 경향은 패션업계에서 유난히 심합니다. 남자의 정장 저고리를 예로 들어 볼까요. 어느 철에 투 버튼 재킷(앞쪽 단추 두 줄)이 유행이라 하더니 좀 지나면 쓰리 버튼(앞쪽 단추 세 줄)이 유행이라 하고, 저고리의 뒤편을 통으로 하는 것이 유행이라 하다가 어느 철이 되면 가운데를 트고, 또 어느 철에는 두 갈래로 양쪽을 틉니다. 정장 저고리의 모습이 이렇게 철마다 유행이라는 이름으로 바뀌는 것은 결국 디자이너와 업체들의 상술입니다.

하지만, 그 상술은 유행이라는 고상한 말에 묻혀버리고 우리는 아무런 생각 없이 그 유행을 따릅니다. 유행에 따라 겉모습이 약간씩 달라지지만 정장 저고리라고 하는 본래의 역할에는 변함이 없고, 투 버튼 재킷이 유행인 철에 쓰리 버튼의 재킷을 입는다고 해서 그 옷을 입는 사람의 인격이나 모습이 달라지는 것도 아닙니다. 단지 우리가 그 모습을 다르게 인지할 뿐이지요.

마찬가지로 우리의 몸과 마음에 철 따라 유행이 달라지듯 질병이나 고통이 따를 수 있습니다. 그러나 치유가 빠르게 되고 늦게 되는 것은 육체 자체에 달려 있기보다는 마음의 상태에 따라 달라진다는 것입니다. 마음의 상태가 어떤가에 따라 몸과 마음의 치유가 결정됩니다.

당신의 마음의 상태가 평온하면 할수록, 혹시라도 당신의 몸과 마음에 찾아온 질병이나 고통이 있다면 더 빨리 치유되는 경험을 하게 될 것입니다. 치유의 척도는 육체에 있는 것이 아니라 당신이 가지는 마음의 평온함에 달려 있습니다. 아무리 시간이 없다 하더라도 날마다 아주 짧은 시간이라도 당신의 평온함을 찾는 시간을 가지십시오.

치유를 넘어 행복의 주인공이 되어가는 자신의 모습을 보게 될 것입니다.

친절한 말의 울림은 무한하다.

> Kind words can be short, and easy to speak, but their echoes are truly endless. (Mother Theresa)
> 친절한 말은 짧을 수도 있고, 말하기는 쉬울 수도 있지만, 말의 울림은 정말로 끝이 없다. (테레사 수녀)

여의도에서 시청방향으로 마포대교를 지나며 난간에 많은 글귀가 씌어 있는 것을 보았습니다. 난간에는 혹시 있을 수 있는 생명을 포기하려고 다리 위를 찾은 사람들이 삶에 대해 다시 생각하고 다시 삶을 살도록 유도하는 말들이었습니다. 그 말들은 사람의 생명을 살릴 수도 있겠다고 하는 생각이 들게 하였습니다.

문구의 길이와 상관없이 사랑이 담긴 친절한 말은 그 말을 읽거나 듣는 사람의 마음을 움직여 감동을 주기도 합니다. 말 한마디로 감동을 하고 다시 태어난 사람에게 그 말의 여운은 끝없이 기억될 것입니다.

또한, 친절한 말은 말하기가 아주 쉬워 말하는 이의 처지에서 보면 큰 의미가 없는 말처럼 여겨질 수도 있습니다. 그러나 반대의 관점에서 보면 그 말은 천금보다 더 무겁고 용기와 희망을 줄 수도 있습니다.

말은 사람의 마음을 아프게 할 수도 있고 사람들의 마음을 치유하기도 합니다. 어떤 사람에게 하는 친절한 말은 그 사람의 생명을 살릴 수도 있습니다. 울림이 큰 친절한 말을 생활화합시다.

제2장 여름

세상을 치유하라.

> The only work that will ultimately bring any good to any of us is the work of contributing to the healing of the world. (Marianne Williamson)
> 결국 우리 개인에게 어떤 선을 가져오게 될 유일한 일은 세상을 치유하는 데 공헌하는 일이다. (마리안 윌리엄슨)

5월의 첫날입니다. 모처럼 따스한 햇볕과 화창한 날씨가 마음을 상쾌하게 합니다. 오늘은 이미 세상을 떠난 분들이 그렇게도 그리워하고 기대하던 미래입니다. 우리도 어제까지만 해도 오늘을 내일(來日) 다가올 날, 미래라고 불렀지요. 그런데 우리는 오늘을 맞이하였습니다.

아침 출근길에 활짝 핀 빨간 철쭉꽃을 보면서 모든 사람이 활짝 웃는 5월이 되었으면 좋겠다는 생각을 했습니다. 이러한 저의 생각도 세상을 치유하는 데 공헌하는 일이겠지요? 어떤 일이든 결국 개개인에게 좋은 일을 가져오게 되는 것은 세상을 치유하는 데 공헌하는 일이라고 합니다.

오늘 우리가 누군가에게 보낸 미소는 사소한 것이라 여길지 모르지만, 세상을 치유하는 시작입니다. 나비의 날갯짓과 같은 작은 변화의 시작이 폭풍우와 같은 커다란 변화를 불러일으킨다는 나비 효과(Butterfly Effect)가 그 증거입니다.

새롭게 태어난 오늘 세상의 주인공으로 새로운 역사를 쓰고 있는 우리가 하는 작은 좋은 일은 모두의 마음을 풍요롭게 할 것입니다. 세상을 치유하는 데 앞장서는 저와 여러분이 되기를 소망합니다.

진실을 말하라.

> The truth is incontrovertible; malice may attack it, ignorance may deride it, but in the end, there it is.
>
> (Winston Churchill)
>
> 진실은 반박의 여지가 없는 것이다. 악의는 진실을 공격하고, 무지는 진실을 조롱할 수 있지만, 결국 진실이 존재한다.
>
> (윈스턴 처칠)

청와대가 성 추문으로 곤경에 빠졌습니다. 요즘(2013년 5월) 성 추문 뉴스로 나라 안팎이 시끄럽습니다. 청와대는 윤 모 씨의 대통령 미국 방문 중의 성 추문으로 수렁에 빠졌고, 이 소식을 접한 국민은 실망감과 분노로 가득 찼습니다. 대통령까지 나서서 사과문을 발표하는 지경에 이르렀습니다.

"미꾸라지 한 마리가 연못을 흐린다, 썩은 사과 하나가 한 통의 사과를 망친다."는 말이 있는데, 이런 뉴스로 신문이나 방송의 머리기사를 장식하며 떠들썩하다는 것은 정말 부끄럽고 수치스러운 일입니다.

영국의 총리 처칠은 짧은 연설로 사람들을 감동하게 하는 명연설가로 유명합니다. 그런데 그는 원래 말더듬이였습니다. 그의 짧은 연설이 사람들에게 감동을 준 것은 아마도 진실과 사람들의 마음을 움직이는 말을 했기 때문일 것입니다.

진실을 말하는 사람의 말은 힘이 있습니다. 당연히 반박이 있을 수 없습니다. 당장은 아니라도 진실은 존재하고 반드시 밝혀지기 때문입니다.

진실을 말하십시오.

상대방의 있는 그대로를 받아들여라.

Acceptance is outcomes without attachments, guilt, shame, remorse, self pity, resentment, fear, anger, etc. These are the tools of the disease of addiction. To maintain Recovery One must maintain a state of Acceptance. (Unknown)

어떤 것을 받아들이는 것은 애착, 죄책감, 부끄러움, 회한, 자기 연민, 분개, 두려움, 분노 등이 없는 결과이다. 이것들은 중독 질병의 수단이다. 회복을 유지하기 위해서 우리는 받아들이는 상태를 유지해야 한다. (작가 미상)

5월은 어린이날, 어버이날, 스승의 날, 성년의 날, 부부의 날 등 유난히도 축하해야 할 날이 많습니다. 그만큼 지갑의 두께 때문에 마음이 쓰이는 달이기도 하죠. 가끔 사람들로부터 "사람 노릇하고 살기가 쉽지 않다"라는 말을 듣습니다. 정말 그런 것 같습니다. 저도 예외는 아닙니다.

요즘 카카오톡을 통하여 많은 좋은 정보들을 받아보게 됩니다. 제가 최근 받았던 내용 중에는 가족, 특히 부부와 깊은 관련이 있는 내용이 있었습니다. "가장 사랑해야 할 사이, 가장 존중하고 배려해야 하는 사이가 더 많은 상처를 주고 마음을 아프게 한다." 는 내용이었습니다. 저도 공감하는 내용입니다. 서로 사랑하고, 배려하고, 인정하고, 존중해야 하는 사이, 아픔을 어루만져주고 위로하고 위로받아야 할 사이가 가족, 특히 부부 아닐까요?

그런데 저의 경우만 보더라도 하는 일이나 재정적인 생활이 순조로울 때는 부부간에 아무런 문제가 없습니다. 그런데 그렇지 못한 경우에는 우선 서로 주고받는 대화의 내용이 달라집니다. 서로의 마음을 아프게 하는 말이나 행동을 하게 됩니다. 내가 사랑하는 사람이 어떤 상황, 어떤 환경에 처하더라도 있는 그대로의 그 사람을 볼 수 있다면 얼마나 좋을지 가정의 달 5월을 맞이하여 생각해 봅니다.

가족 사이에 특히, 부부 사이에 어떤 때도 있는 그대로를 받아들이고 격려하는 것은 그 사람의 꿈과 희망을 키워주고, 그 사람이 가진 능력을 발휘할 힘을 줍니다. 상대방의 있는 그대로의 모습을 인정하고 받아들이는 것이 세상을 더욱 밝고 행복하게 살아가게 하는 원동력이 아닐까요?

과거를 극복하고 현재를 즐기라.

> The more anger towards the past you carry in your heart, the less capable you are of loving in the present. (Barbara De Angelis)
> 당신의 마음속에 간직하고 있는 과거에 대하여 화를 내면 낼 수록, 당신의 현재를 덜 사랑할 수 있게 된다.
>
> (바바라 드 앙젤리)

제가 예전에 본 영화 중에 〈죽은 시인의 사회(Dead Poets Society, 1989)〉라는 영화가 있습니다. 이 영화에는 약간은 괴짜 기질을 가진 교사가 등장하는데 그분은 학생들에게 '카르페 디엠(carpe diem)'이라는 말을 자주 사용합니다.

영화에서 이 말은 학교 교육의 틀에 박힌 전통과 규율에 도전하는 학생들의 자유로운 정신과 행동을 묘사하는 말로 사용되었습니다. "인생을 즐기라, 현재에 충실하라."는 의미로 사용되는 '카르페 디엠(carpe diem)'은 영어로는 "현재를 잡아라(Seize the day)"로 번역되어 우리에게 잘 알려져 있습니다.

로마의 시인 호라티우스(Horatius)의 라틴어로 된 시에 나오는

'현재를 즐겨라, 될 수 있는 대로 내일이란 말은 최소한만 믿어라 (Carpe diem, quam minimum credula postero)'라는 구절에서 유래했다고 합니다.

우리의 생활을 한 번 볼까요. 오늘은 어제를 바탕으로 있는 것이고, 오늘은 내일의 바탕이 됩니다. 그러나 어제에 너무 얽매이다 보면 오늘이 자유롭지 못하고, 내일을 너무 기대하면 오늘에 최선을 다하는 데 방해가 될 수 있습니다.

특히, 자신의 과거에 집착하고 과거의 일에 대하여 미련을 갖게 되면 잘한 일보다는 못한 일이 더 많이 생각이 나며 자신에 대해 화가 날 것입니다. 그러나 자신의 과거에 대해 화를 내게 되면 현재의 자신을 돌아보는 데 지장이 있습니다. 과거는 되돌릴 수 없습니다.

과거에 자신의 삶이 어떠했던 현재의 자신을 존중하고 사랑하십시오. 현재의 당신을 사랑하면 할수록, 그리고 현재 당신이 하는 일을 즐기면 즐길수록 당신의 삶은 더욱 풍요로워질 것이고 장래는 더욱 밝아질 것입니다. 카르페 디엠!

마음속에 즐거움을 느끼고 다니라.

> If you carry joy in your heart, you can heal any moment. (Carlos Santana)
> 당신의 마음속에 즐거움을 느끼고 다니면, 당신은 언제 어느 때나 치유할 수 있다. (카를로스 산타나)

우리가 세상을 살다 보면 항상 즐거운 일이 있고, 항상 슬픈 일이 있는 것은 아닙니다. 때에 따라 즐거운 일이, 때에 따라 슬픈 일이 일어납니다.

그렇다 하더라도 우리는 어떤 상황 속에서도 마음속에는 즐거움을 보관하고 있어야 합니다. 그러면 어떤 상황이 발생했을 때 마음속에 담고 있는 즐거움을 불러낼 수 있고, 그 즐거움은 치유의 에너지가 됩니다.

언제 어느 때나 치유의 에너지가 될 즐거움을 당신의 마음속에 가지고 다니십시오.

선(善)을 반사하는 거울이 되자.

> There are two ways of spreading light—to be the candle or the mirror that reflects it. (Edith Wharton)
> 빛을 내는 데는 두 가지 방법이 있다. 양초가 되거나 그것을 반사하는 거울이 되는 것이다. (이디스 워튼)

언젠가 한 코미디언은 "저녁 잠자리에 들기 전에 TV 뉴스를 보지 말고 코미디 프로그램을 보라"고 말한 적이 있습니다.

잠이 들기 전 좋지 못한 소식을 접하는 것은 정신 및 육체 건강에 좋지 못한 영향을 줄 수 있으므로 웃음을 주는 코미디 프로그램을 보라고 한 것이지요. 코미디언이 사람들을 웃기려고 한 말이지만 상당히 과학적이며 타당한 이야기입니다.

잠이 들기 전에 좋은 생각을 하고 몸을 이완시키는 것은 잠재의식이 우리의 정신과 몸에 긍정적 영향을 주도록 작용합니다.

그런데 요즘 뉴스를 보면 마음 아픈 이야기, "도대체 세상이 왜 이런가?"라고 할 소식들로 온통 도배하곤 합니다. 어떤 돈 많은 사람은 무슨 사연인지 모르겠지만 조세회피처에 페이퍼 컴퍼니를 설

립, 운영하였다 하고, 서울의 유명한(?) 어느 보육원에서는 원생을 상습적으로 폭행해 왔다고 하고, 어떤 구의원은 어린이집을 여럿 운영하며 유통기한이 지난 식자재를 사용하면서 어린이들의 식대 및 공금 수억 원을 착복했다 하고, 어느 고등학생은 패륜 동영상으로 일약 인터넷의 스타(?)가 되었다 하고, 육군사관학교 기숙사에서는 동료를 성폭행한 사건이 일어났다고 하는 소식이 2013년 5월 28일에 제가 뉴스를 통해 알게 된 마음 아픈 내용입니다.

그런데 우리 사회가 실제로 이렇게 삭막하기만 한가요? 그렇지 않습니다. 이 순간에도 소리 없이, 아무런 대가 없이, 누가 보든 말든 상관치 않으며 좋은 일을 하는 분들이 훨씬 더 많이 있습니다. 그런 분들이야말로 이 사회를 밝게 하는 빛입니다. 이 세상에는 그렇게 사회를 환하게 살만한 곳으로 콧노래를 흥얼거릴 수 있는 곳으로 만드는 분들이 존재합니다. 그분들은 스스로 양초가 되어 빛을 내기도 하고 그 빛을 비추는 거울이기도 합니다.

생활 속에서 이 세상을 밝게 비추고 아름다운 선율을 들을 수 있도록 해 주시는 선(善)을 실천하고, 반사하는 거울과 같은 역할을 하고 계시는 많은 분께 존경과 찬사를 보냅니다.

존경합니다. 감사합니다. 사랑합니다.
당신들이 있어 이 세상은 살만합니다.

긍정적 정신 자세는 기적을 만든다.

> A strong positive mental attitude will create more miracles than any wonder drug. (Patricia Neal)
> 강한 긍정적인 정신 자세는 어떤 기적의 약보다도 더 기적을 만들 것이다. (패트리샤 닐)

"우리 두뇌는 긍정과 부정을 구별하지 못하는 특성이 있다"고 합니다. 우리의 두뇌는 '○○○ 하지 말라'고 말을 하면 먼저 '○○○'을 떠올립니다. '○○○ 하라'고 말하는 것과 같은 반응을 보이는 것이지요. 따라서 우리는 긍정의 언어를 사용하여야 합니다. 우리의 행동을 지배하는 것은 두뇌이지만 두뇌를 작동하게 하는 것은 언어이기 때문입니다.

언어는 곧 생각의 표현이며 생각은 감정과 행동에 영향을 줍니다. 그리고 감정은 생각과 행동에 영향을 주며, 행동은 생각과 감정에 영향을 줍니다. 긍정적인 언어는 우리의 정신 자세를 긍정적으로 만듭니다.

긍정의 마음을 지니고 행동하는 태도가 강하면 강할수록 더 큰 기적을 불러옵니다. 아무리 좋은 약이 있어도 긍정의 태도가 없으면 큰 효과를 바랄 수 없습니다. 강한 긍정의 태도는 기적의 근원입니다. 긍정적인 태도의 실천으로 매일 매일의 생활 속에서 기적을 체험하는 여러분 되십시오.

웃음은 눈물을 희망으로 바꿀 수 있다.

> I have seen what a laugh can do. It can transform almost unbearable tears into something bearable, even hopeful. (Bob Hope)
> 나는 웃음이 할 수 있는 일을 목격하였다. 웃음은 견딜 수 없을 만큼의 눈물을 견뎌낼 수 있는 어떤 것으로 바꿀 수 있고, 심지어 희망으로 바꿀 수 있다. (밥 호프)

'웃음은 만병 통치 약이 될 수 있다'는 말이 있습니다. 또한, 아무 때나 웃으면 이상한 사람으로 오해받기도 하지요.

하지만 우리가 어떤 어려운 일을 당하여 눈물이 쏟아지지만, 그 어려움을 극복하는 과정에서 웃을 수 있다면 우리는 반드시 그 어려움을 극복할 힘을 얻게 될 것입니다. 웃음은 때로 나의 에너지를 긍정의 에너지로 바꾸는 힘이 있습니다.

눈물을 멈출 수 없을 만큼 힘든 일이 있습니까?

하늘을 한 번 쳐다보고 웃어보세요. 견뎌낼 힘이 생기고, 그 어려움을 희망으로 바꿀 힘이 생길 것입니다.

용서하면 더 많이 사랑할 수 있다.

> The more you are able to forgive then the more you are able to love. (Stephen Richards)
> 당신이 용서할 수 있으면 할수록, 당신은 더 많이 사랑할 수 있다. (스티븐 리차드)

당신은 자신을 얼마나 사랑하고 계십니까?

자신을 사랑하는 마음이 적다고 한다면, 그 이유는 무엇입니까?

아마도 자신을 사랑하는 마음은 자신의 삶에서 겪게 되는 많은 잘못이나 실수에 대해 자신을 얼마나 용서하고 이해하느냐와 관련이 있을 것입니다. 사랑은 용서하는 데서 시작하고, 용서를 많이 할수록 더 많이 사랑할 수 있기 때문입니다.

자신을 용서하는 것이 자신에 대한 사랑의 시작인 것과 마찬가지로 타인을 사랑하기 위해서는 먼저 그 사람을 용서해야 합니다. 용서 없는 사랑은 진정한 사랑이 아닙니다. 용서는 또한 상처받은 마음을 치유합니다.

용서는 우리의 마음속에 쌓인 부정적인 감정을 해소하기 때문입니다. 그리고 부정적인 감정을 해소하고 난 후에야 사랑의 감정이 싹트기 시작합니다.

용서는 사랑의 바탕이며, 사랑은 치유의 시작입니다.

가시를 가진 장미가 더 아름답다.

> If you enjoy the fragrance of a rose, you must accept the thorns which it bears. (Isaac Hayes)
> 장미의 향기를 즐기고자 한다면, 장미가 가진 가시도 받아들여야 한다. (아이작 헤이즈)

장미의 향기에 취해 또는 장미가 가진 아름다운 빛깔에 눈이 멀어 아무런 생각 없이 장미를 만지다가는 손에 상처를 입는 수도 있습니다. 인생도 마찬가지입니다. 사람들과의 관계에서 그 사람의 겉모습의 아름다움이나 그 사람이 하는 달콤한 말에 현혹되어 시간이 지난 뒤에 후회하게 되는 경우가 생깁니다. 비즈니스의 경우도 그렇습니다. 당장 눈앞에 보이는 이득을 쫓아 몰두하다 보면 다른 중요한 것을 놓치게 되어 큰 손해를 입는 경우가 생깁니다.

하지만, 장미가 가진 향기를 느끼고 꽃이 가진 아름다운 색을 즐기기 위해서는 장미가 가진 가시도 아름다운 장미의 일부임을 인정해야 합니다. 그리고 가시에 찔리지 않게 조심해야 합니다. 장미는 가시를 가지고 있다는 사실을 인지하고 조심하면 꽃이 가진 아름다운 향기와 색을 즐길 수 있지요.

마찬가지로, 좋은 인간관계를 위해서는 상대의 장점을 통해 무엇인가를 배우고, 그것을 칭찬하며, 그 사람이 나와 함께 할 수 있음에 감사하세요. 그러면 그 사람과의 관계는 나의 삶에 긍정적인 영향을 줄 것입니다.

비즈니스의 경우, '이 세상에 공짜는 없다'는 사실을 명심해야 합니다. 계획이 그럴 듯하고 큰 이득이 있을 것으로 보이고 모든 포장이 잘 된 경우에도 살며시 모습을 드러나는 가시가 있기 마련입니다. 그런 가시를 조심해야 합니다.

아름다운 장미를 보며 이런 5월을 기대합니다.
장미가 가진 향기와 아름다운 꽃 색깔을 마음껏 즐길 수 있는….
인간관계가 더욱 풍요로워지는….
하는 일이 더욱 번창하는….

차이를 즐기는 법을 배우자.

> A great marriage is not when the 'perfect couple' comes together. It is when an imperfect couple learns to enjoy their differences. (Dave Meurer)
>
> 행복한 결혼은 완벽한 부부가 만났을 때 이루어지는 게 아니다. 불완전한 부부가 서로의 차이점을 즐거이 받아들이는 법을 배울 때 이루어지는 것이다. (데이브 모이러)

이미 결혼을 한 분들은 깨닫고 있겠지요. 연애 시절에는 미처 발견하지 못했던 배우자와 자신의 사고방식이나 생활습관에 차이점이 너무 많다는 사실을….

연애 시절에는 둘이 결혼하면 아주 완벽한 부부가 될 것으로 생각하고 부푼 꿈을 안고 결혼하게 되지만, 막상 결혼을 하고 나면 어느 순간부터 불협화음(不協和音)이 생기기 시작한다는 것을….

한 부모에게서 태어난 형제자매 사이에도 많은 차이점이 있기 마련인데 서로 다른 환경에서 자란 두 사람이 만났는데 차이가 없다는 것은 오히려 이상한 일이겠지요.

학교생활, 사회생활에서 만난 사람들은 어떤가요?

두말하면 잔소리이지요. 두 사람 이상이 모인 곳에는 차이가 존재할 수밖에 없습니다. 그렇다면, 결혼생활이던, 학교생활이던, 사회생활이던 행복한 생활이 되기 위해서 어떻게 해야 할까요?

인간 관계론으로 유명한 데일 카네기(Dale Carnegie)는 "2년간 다른 사람들이 당신에게 관심을 두도록 하여 사귄 친구보다 2달 동안 당신이 다른 사람에게 관심을 가짐으로써 더 많은 친구를 사귈 수 있다(You can make more friends in two months by becoming interested in other people than you can in two years by trying to get other people interested in you.)"고 말합니다.

사람들은 자신에게 관심을 두는 사람을 좋아하게 되어 있습니다. 자신을 인정해주는 사람을 좋아합니다. 다른 사람에게 좀 더 관심을 가지고 그 사람은 많은 것들이(아니 모든 것들이) 나와 다르거나 다를 수 있음을 인정하고 존중하며 받아들여야 합니다. 거기에 더하여 기꺼이 즐길 수 있다면, 우리는 행복한 삶을 사는 주인공이 될 수 있을 것입니다.

우리 모두 나 자신의 위대한 삶, 행복한 삶을 위해 차이를 즐기는 법을 배우고 실천합시다.

슬픔과 상처는 연민으로 치유하라.

> Our sorrows and wounds are healed only when we touch them with compassion. (Buddha)
> 우리의 슬픔과 상처는 연민을 가지고 그것을 만질 때만 치유된다. (부처)

우리의 인생은 즐거운 일과 슬픈 일의 연속입니다. 사람들과의 관계에서 격려를 받고 힘을 얻을 때도 있지만 때로는 상처를 받고 용기를 잃을 때도 있습니다.

하지만 슬픔과 상처를 앓고 사는 것은 풍요로운 인생을 제한합니다. 우리가 풍요로운 인생을 살기 위해서는 우리가 가진 슬픔과 상처를 치유하는 것이 필요합니다. 우리가 가진 슬픔과 상처도 우리의 삶의 일부분이므로 있는 그대로를 받아들이고 인정하는 것이 필요합니다.

우리의 슬픔과 상처는 연민을 가지고 바라보고 어루만짐으로써 치유될 수 있습니다.

자기에게 애정을 품어라.

Be soft. Do not let the world make you hard. Do not
let the pain make you hate. Do not let the bitterness
steal your sweetness. Take pride that even though
the rest of the world may disagree, you still believe
it to be a beautiful place. (Kurt Vonnegut)

당신에게 애정을 품어라. 세상이 당신을 어렵게 하도록 두지
마라. 고통이 당신을 미워하게 두지 마라. 쓰라림이 당신의
달콤함을 훔치도록 두지 마라. 세상이 동의하지 않을지라도,
당신이 여전히 세상이 아름다운 장소가 되리라는 것을 믿는
다고 자랑하라. (커트 보네거트)

당신은 자기에게 얼마나 애정을 품고 있습니까?

당신이 자신에게 주는 애정 점수는 몇입니까?

세상이 당신을 어렵게 합니까?

고통이 당신을 미워하게 합니까?

쓸쓸한 감정이 당신의 달콤한 감정을 앗아가고 있습니까?

결코, 세상이 당신을 어렵게 하도록 두지 마세요. 고통이 당신을 미워하게 두지 마세요. 씁쓸한 감정이 당신을 지배하게 하지 마시고 달콤한 감정이 당신을 이끌도록 하십시오.

세상은 내가 어떤 생각을 하고 어떤 방향으로 움직이고 있는지에 따라 달라집니다. 우리는 하루에도 오만가지 생각을 하게 됩니다. 어떤 생각을 하는 것이 좋을까요?

때로는 씁쓸한 감정이 우리의 생활에 도움이 되는 때도 있지만, 달콤한 생각이 자신의 생활을 이끌도록 하십시오.

아름다운 눈으로 세상을 보세요. 그리고 긍정적 믿음으로 자신을 사랑하십시오. 세상이 항상 내 편일 수는 없지만, 세상이 아름다운 장소가 될 것이라는 믿음을 가지십시오. 그러면 세상은 아름다운 일로 가득하게 될 것입니다.

나를 인정해주는 사람들에게 나는 어떻게 하는가?

> How we treasure (and admire) the people who acknowledge us! (Julie Morgenstern)
>
> 우리를 인정해주는 사람들을 어떻게 소중히 여기고 존경할까!
>
> (줄리 모건스턴)

오늘 아침 2호선 교대 전철역을 지나면서 벽에 줄지어 붙여져 있는 시가 적혀있는 액자들을 보았습니다. 발걸음을 멈추게 한, 눈에 띄는 시가 있었습니다. 청당 민병문 시인의 "웃네 웃네"라는 시입니다. 처음부터 끝까지 읽은 다음 스마트 폰으로 사진을 찍었습니다.

시를 반복하여 읽다 보니, 며칠 전 읽었던 글귀가 생각이 났습니다. 미국의 시간 및 공간관리 전문가이며 작가인 줄리 모건스턴 (Julie Morgenstern)이라는 사람의 "우리를 인정해주는 사람들을 어떻게 소중히 여기고 존경할까!"라는 글입니다.

당신은 당신을 인정해주는 사람들을 어떻게 소중히 여기며 존중합니까?

나를 인정해주는 그분(사람)들에게 뿐만 아니라 내가 마주치는 모든 사람들에게 미소 띤 얼굴, 웃음 짓고 있는 밝은 얼굴을 선사하는 것은 어떨까요?

청당 선생의 시구처럼 따슨 가슴 주고받아 함께 하는 사람마다 함께 웃어 함께 하는 그 자리가 행복의 터전, 천국이 되기를 소망합니다.

웃네 웃네

청당 민병문

웃네 웃네 내가 웃네
내가 웃어 그대 웃네
웃네 웃네 함께 웃네
예가 바로 천국이네
따슨 가슴 오고 가네
오가는 삶 행복하네

가족이란?

> The bond that links your true family is not one of
> blood, but of respect and joy in each other's life.
>
> (Richard Bach)
>
> 가족을 진정으로 연결하는 끈은 혈통이 아니라 각자의 삶 속
> 에서 서로 존중하고 기쁨을 누리는 것이다. (리처드 바크)

2016년 7월 8일 금요일 저녁 나는 장충체육관에서 뜻밖의 즐거움을 맛보았다. 라이브 콘서트를 즐기면서 또한, 큰 깨달음을 얻은 것은 행운의 덤이었다. 가수 소명의 라이브 콘서트에서다. 나의 측면에서 보면, 소명의 라이브 콘서트는 대성공이었다. 물론 관객으로 참석한 많은 사람도 그렇게 생각하리라 믿지만….

우선 제목이 인상적이었다. '소☆들의 합창'이라니! 아버지 소명, 아들 소유찬, 딸 소유진, 그들의 가족관계를 알고 나니 '소☆들의 합창'이 맞았다. 그리고 적어도 내가 현장에서 보고 느끼기에 이들의 콘서트 제목에 '소☆들'이라고 ☆도 달만 했다. 사람들이 말하기를 스마트 시대, 스마트 폰 홍수 속에서 가족의 대화가 단절되어가고 있다고 한다. 가족이 모두 모인 자리에서조차도 각자의 스마트 폰만 바라보고 고개 숙이고 있다고 한다. 그런데 이들은 한 무

일상속의 행복

대 위에서 몸으로 노래로 소통했다. 정말로 부럽고 보기 좋은 장면이었다. 소설가 리처드 바크(Richard Bach)가 말한 진정한 가족을 보는 것 같아서 기분이 좋았다.

내가 이들을 높이 평가하는 것은 무엇보다 각자의 소중한 꿈을 이루었고, 그 꿈을 이루어 가는 과정에서 서로에게 힘이 되었을 것이라는 점이다. 물론 아빠는 무명가수 시절 수많은 좌절과 고통을 겪었음에도 자식들에게 내색하지 못했을 것이다. 그런데도 자식들은 자신들의 꿈을 이루어 가는 과정에서 아빠가 과거에 겪었을 어려움과 고통을 이해하고 공감하게 되었을 것이다. 이들은 같은 분야에서 서로의 꿈을 이루었기에 그 공감의 정도가 더 크리라 생각한다.

같은 혈통을 타고나야 가족이 되는 것이 가족의 첫 번째 조건이다. 그러나 가족은 각자의 삶 속에서 각자의 꿈을 찾아 이루어가고, 다른 가족 구성원들은 가족이 가진 꿈을 이루도록 존중하고 배려하며, 서로의 삶 속에서 기쁨을 누리는 것이 무엇보다 중요하다. 가수 소명의 콘서트를 통해 소설가 리처드 바크가 말한 진정한 가족을 발견하고, 가족에 대해 새로운 깨달음을 얻은 것에 대해 감사한다.

가족은 신의 선물이다.

> You don't choose your family. They are God's gift to you, as you are to them. (Desmond Tutu)
>
> 당신은 가족을 선택하지 못합니다. 당신이 가족들에게 신의 선물인 것처럼, 가족은 당신에게 신의 선물입니다.
>
> (데스먼트 투투)

남아프리카공화국 출신의 인권운동가로 노벨평화상을 수상한 데스먼트 투투(Desmond Tutu)는 성공회 신부로 대주교까지 지낸 분이다. 대주교로 재직 중이던 그는 어느 날 갑자기 은퇴를 선언한다. 그런데 그 이유가 평범하면서도 독특하다. 가족과 함께 시간을 보내기 위해서였다고 한다. '가족은 신의 선물'이라고 하면서….

당신에게 가족은 어떤 존재인가요? 가족과 함께 시간을 보내기 위해 다니던 직장을 그만둘 수 있나요? 하던 사업을 접을 수 있나요?

저의 경우 다니던 직장을 그만둔 적이 있습니다만, 그것은 순전히 저 자신을 위한 것이었습니다. 더 나이 들기 전에 내 마음속에 품고 있었던 일을 해보고 싶다는 열망이었지요. 그래도 다행인 것은 가족과 함께 시간을 보낸다는 것이 그다음 순위였습니다.

　이제 하늘의 뜻을 알게 된다는 지천명(知天命)을 훌쩍 넘기고 보니, 데스먼트 투투 신부의 말을 조금은 이해할 것도 같습니다. 가족은 분명 신이 내게 준 소중한 선물입니다.

아버지의 눈물은 가슴에서 나옵니다.

> The bitterest tears shed over graves are for words
> left unsaid and deeds left undone.
>
> (Harriet Beecher Stowe)
>
> 무덤 너머에서 흘리는 가장 쓰라린 눈물은 미처 하지 못한
> 말과 행하지 못한 행위를 대신한다. (해리엇 비처 스토)

우리 사회에는 사회를 아름답게 만들고 그 사회의 구성원들이 어우러져 함께 살아갈 수 있는 곳으로 만들기 위해 좋은 일을 하는 분들이 많습니다. 제가 아는 권성원 박사님도 그런 분 중 한 분입니다.

비뇨기과 전문의로 국제로타리 회원이며 한국전립선관리협회 회장입니다. 타이틀이 묵직하게 느껴지지만, 그분은 누구보다도 가벼운 마음으로 몸소 봉사를 실천하는 어른입니다. 매년 몇 차례 씩 전국의 도서 벽지를 돌며 배뇨장애로 고생하는 어르신을 위해 무료 진료를 하고 계십니다.

현재 CHA 의과학대학교 강남차병원 비뇨기과 석좌교수로 재직 중인 권 박사님은 지난 2012년에 40여 년 동안 방광, 전립선 등 비뇨기 암에 걸린 환자들을 진료하면서 만난 아버지 세대 환자들

의 가슴 뭉클한 자식 사랑을 그린 '아버지 마음'이란 수필집을 내기도 하셨습니다.

물론 이 책의 수익금은 모두 전립선 무료진료에 쓰이고 있습니다. 저는 로타리 활동을 통해 권 박사님을 만나게 되었는데, 그런 연유로 가끔 지척에서 권 박사님을 뵙기도 하고 그분이 발행인으로 있는 '전립선'이라는 잡지를 통하여 그분의 인간적인 글을 읽기도 합니다. 이번 호에서는 의예과 학생 시절 의료봉사를 떠났다가 동료를 잃고 봉사활동은 시작도 못 한 채 시신을 찾느라 마음 졸였던 가슴 아팠던 사연을 얘기했더군요. 그 글 중에 자식을 잃은 부모의 마음을 그렸고 그 사건 후 자식을 먼저 보낸 아버지가 취했던 감동적 행동에 대해 표현하면서 "아버지의 눈물은 가슴에서 나온다고 합니다."라고 썼더군요.

그런데 우연히 인터넷에서 〈아버지의 눈물은 가슴에서 흐릅니다.〉라는 글을 발견하였습니다. 내가 처음 글을 썼을 때 출처가 분명하지 않아 작가 이름을 제대로 밝힐 수 없다고 밝히며, 출처를 아는 분은 알려달라고 썼습니다. 제 글을 읽은 한 독자께서 출처를 알려 주셨습니다. 제천 소망교회 지연웅 목사님의 글임을 알게 되었습니다. 출처를 알려주신 홍성근 님께 감사드리며 원문을 소개합니다.

아버지의 눈물은 가슴에서 흐릅니다.

지연웅(제천 소망교회 목사)

아버지를 나타내는 한문(親)은 나무에 올라 멀리 바라는 의미입니다.
성경에도 아버지들은 멀리 바라보는 이야기가 많습니다.
야곱도 열 두 아들을 축복할 때 한 아들 한 아들,
먼 미래를 바라보며 축복하였습니다.
한 세대를 넘어 수 천대를 바라보며 축복하였습니다.
재산을 팔아 집을 나간 자식이 허랑방탕하게 그 기막힌 돈을
다 탕진하였다는 소식을 들은 아버지,
아버지는 그 못난 아들의 소식을 들었기에 고개를 더 길게 하여
아들이 돌아오는 길을 바라보다 아들을 눈물로 맞이하는 애절한
이야기도 있습니다.

아버지는 멀리 바라봅니다.
멀리 바라보기에 허물을 잘 보지 않습니다.
멀리 바라보면 미운 사람도 사랑스럽게 보입니다.
멀리 바라보기에 그리움만 많습니다.
자식들의 먼 후일을 바라보고
그 힘든 삶의 자리에서도 너털웃음으로 참아냅니다.
자존심이 무너지고 굴욕감을 참아내면서도
미소 지으며 집안을 들어서는 아버지,

아버지는 말 못하는 바보처럼 말이 없습니다.

표현하는 것이 작아서 자식들로부터 오해도 많이 받습니다.

아버지는 눈물도 없고 잔정도 없는 돌 같은 사람이 아닙니다.

말이 없기에 생각이 더 많고,

사랑의 표현이 약하기에 마음의 고통은 더 많은 것이

아버지의 마음입니다.

아버지는 작은 사랑에는 인색하지만 큰 사랑엔 부자입니다.

대범하게 용서하고 혼자서 응어리를 풀어내는 치료자입니다.

멀리 바라보기에 내일을 예견합니다.

아버지는 자식들의 예언자입니다.

자식을 바로잡으려 때로 사자후처럼 집안을 울려도,

자식들이 눈가에 눈물이 흐를 때

아버지의 눈물은 가슴에서 강수처럼 흐릅니다.

아버지의 사랑은 보이지 않고 잡히지 않습니다.

그래서 아버지의 사랑은 아버지가 떠나서야 알아갑니다.

출처 : 제천소망교회(http://www.jsomang.or.kr)

　　　행복을 여는 편지(2005-03-30)

가족을 치유하는 것이 세상을 치유하는 것이다.

> The way you help heal the world is you start with your own family. (Mother Teresa)
> 당신이 세상을 치유하도록 돕는 방법은 당신 가족의 치유에서부터 시작하는 것이다. (테레사 수녀)

가화만사성(家和萬事成)이라는 말이 있습니다. "집안이 화목하면 모든 일이 잘 이루어진다."는 뜻으로 "모든 일은 가정에서부터 비롯된다."는 의미라는 것은 다 아는 사실입니다.

그렇습니다. 세상을 바로잡으려 하기 전에 자신의 가정을 바르게 하는 것이 우선입니다. 봉사도 사랑도 다 마찬가지입니다. 자신을 사랑한 연후에 다른 사람을 사랑할 수 있으며. 봉사도 자신의 주변을 먼저 보살핀 후에 더 큰 사회로 눈을 돌려야 합니다.

나를 치유하고 가족을 치유하는 것이 곧 세상을 치유하도록 돕는 일입니다.

눈으로 보는 것과 마음으로 보는 것은 다르다.

> Sometimes the heart sees what is invisible to the eye. (H. Jackson Brown, Jr.)
> 마음은 때때로 눈으로 볼 수 없는 것을 본다. (잭슨브라운)

지난 주말(2014년 7월 5일~6일)에 몇 년 전 포럼에서 만나 인연이 되어 지금까지 정기적으로 모임을 갖는 분들과 함께 강원도 정선으로 워크숍을 다녀왔습니다. 예로부터 정선은 우리에게 정선 아리랑과 사북탄광으로 많이 알려져 있었고, 지금은 강원랜드 카지노로 유명하지요.

아침 일찍 잠실에 모여 버스를 타고 하이원 리조트에 도착하여 짐을 풀고 1차 일정을 마친 후 개별 시간이 주어졌습니다. 저는 몇몇 분들과 함께 도보여행(트레킹)을 하였습니다. 산 정상까지는 곤돌라로 이동하고 내려오는 코스는 걷기로 하였습니다. 마운틴 콘도로 이동하여 관광곤돌라를 타고 마운틴 탑 전망대에 올라 자연을 즐겼습니다.

날씨는 화창했고, 공기는 무척 맑았습니다. 시원함이 느껴졌습니다. 형형색색의 야생화는 그 아름다운 자태에 저도 모르는 사이에

탄성을 자아내게 하더군요. 전망대가 있는 산 정상에는 하트 조형물이 있었고, 우체통이 하나 있었습니다. 우체통 옆에는 엽서가 준비되어 있었으며 엽서를 써서 우체통에 넣으면 1년 후에 발송하여 준다고 하더군요. 저는 두 통의 엽서를 썼습니다. 한 통은 나에게, 한 통은 아내에게. (2015년 7월 초 저는 2014년에 썼던 이 엽서를 받았습니다.)

정선방문을 통해, 그동안 오랜 기간 만나왔던 분들이었지만 서로 눈에 보이는 것만 알았다고 한다면, 워크숍을 통해 마음으로 서로를 좀 더 볼 수 있는 좋은 계기가 되었습니다.

정선을 외지인들의 발길이 끊이지 않는 곳으로 만든 강원랜드 카지노의 하루 매출액이 약 60억 원 정도라고 합니다. 엄청나지요? 요즘 정선을 찾는 사람들은 자연을 즐기고 휴식을 취하기보다는 카지노를 더 즐긴다(?)는 것이겠지요. 카지노를 찾는 분들이 너무 카지노에만 몰입하지 않고, 자연도 즐겼으면 하는 바람입니다.

눈에 보이는 것은 물론 눈에 보이지 않는 것도 볼 수 있는 마음의 여유를 갖기를 기대합니다.

일상속의 행복

자기 자신 속에서 행복을 찾아라.

> It is not easy to find happiness in ourselves, but it is not possible to find it elsewhere.
>
> (Agnes Repplier)
>
> 우리 자신 속에서 행복을 찾는 것은 쉽지가 않다. 그러나 우리 자신 이외의 다른 곳에서 행복을 찾는 것은 불가능하다. (아그네스 리플라이어)

당신은 어디서 행복을 찾나요? 우리가 자신의 삶에서 행복을 찾는 일은 쉽지 않습니다. 그러나 자신 속에서 행복을 찾기 어렵다고 행복 찾기를 113포기해서는 안 됩니다. 왜냐하면, 우리가 자신 이외의 다른 곳에서 행복을 찾을 수가 없기 때문입니다.

그런데 많은 사람은 불가능한 곳에서 행복을 찾는 경향이 있습니다. 쉽지 않지만 자신 속에서 행복을 찾아야 진정한 행복을 찾을 수 있습니다.

당신의 진정한 행복을 자신 속에서 찾으십시오.

자신에게 도움이 되는 최면 암시를 사용하라.

> If you say to yourself 'It's difficult to get up in the morning', 'It's hard to cease smoking', then you are already using hypnotic suggestions on yourself….
>
> (Richard Bandler)
>
> 만일 당신이 자신에게 '아침에 일찍 일어나는 것이 어렵다. 담배를 끊는 것이 어렵다'라고 말한다면, 당신은 이미 자신에게 최면 암시를 사용하고 있다. (리처드 밴들러)

우리 속담에 "말 한마디로 천 냥 빚을 갚는다"는 말이 있습니다. 사람들 사이에 주고받는 말이 얼마나 중요한가를 보여주는 좋은 예입니다.

당신은 말 한마디로 상대의 마음을 얼마나 움직일 수 있나요?

우리가 사용하는 말은 다른 사람들과의 관계에서는 물론 자기 자신의 인생에서 더 큰 역할을 합니다. 순간마다 자신에게 스스로 하는 자기 대화는 곧 자신의 행동을 지배합니다.

우리의 두뇌는 자신이 순간순간 생각하고 말하는 것을 이루려는 특성이 있다고 합니다. 우리의 생각과 말은 티끌이 모여 태산이 되듯이 당장은 아니더라도 어느 시점이 되면 반드시 그 결과를 가져온다는 것입니다.

자기에게 하는 말은 곧 최면 암시가 되어 무의식은 그 암시를 실제로 이루기 위해 노력을 하게 되는 것이지요. 지금 이 시각에도 우리는 무엇인가를 생각하고 어떤 것이든 자기 대화를 합니다.

자신의 삶을 치유하고 인생을 발전시키는 최면 암시를 사용하십시오.

치유를 위해서는 자기만의 방법을 고집하지 마라.

> There are so many ways to heal. Arrogance may have a place in technology, but not in healing. I need to get out of my own way if I am to heal.
>
> (Anne Wilson Schaef)
>
> 치유하는 방법은 많다. 오만은 과학 기술에서는 한 부분이 될 수 있지만, 치유에서는 그렇지 못하다. 내가 치유를 하고자 한다면 나만의 방법에서 벗어날 필요가 있다. (앤 윌슨 섀프)

아픈 사람을 치료하는 방법과 마음을 치유하는 방법은 많이 있습니다. 오만으로 일컬어지는 거만한 태도는 과학 기술을 발전시키는 데는 중요한 부분이 될 수 있습니다.

그러나 몸과 마음의 치유를 위해서는 거만한 태도는 도움이 되지 않습니다. 특히 마음의 치유를 위해서는 더욱 그렇습니다. 나

만의 고집을 버리고 다른 사람의 의견에 귀를 기울일 필요가 있습니다. 선택의 폭이 넓으면 치유의 기회가 많아질 것입니다.

아이들과 함께하면 영117혼이 맑아진다.

> The soul is healed by being with children.
>
> (Fyodor Dostoevsky)
>
> 영혼은 아이들과 함께 있음으로써 치유된다.
>
> (표도르 도스토옙스키)

아이의 마음은 순수하다. 그런데 어른의 마음은 여러 가지로 복잡하다. 어른도 한때는 순수한 아이였다. 순수한 마음을 소유한 아이가 세상을 살다 보니 이런저런 마음으로 오염이 된 것이다. 그래서 오염된 어른이라 하더라도 순수한 아이와 함께하면 자신의 순수했던 어린 시절을 기억하게 되고, 그런 어린 시절로 되돌아가게 된다.

아이와 많은 시간을 가지는 것은 행복한 영혼으로 되돌아갈 수 있다. 그런데 성인이 아이들과 함께하기가 여러 가지 여건상 쉽지 않다. 어린아이 때의 순수한 마음을 기억하면 된다. 어린 시절의 자신의 순진했던 때를 떠올리고 어린 아이의 눈으로 보고, 귀로 듣고, 그리고 온몸으로 느껴보라. 아이의 시절로 되돌아가면 어른의 지친 영혼이 치유되어 맑아질 것이다.

제3장 가을

인생은 차와 같다.

> Life is like a cup of tea. it's all in how you make it.
>
> (Irish Proverb)
>
> 인생은 차와 같다. 어떻게 만드느냐에 달려있다.
>
> (아일랜드 속담)

2015년 8월 첫날입니다. 사무실 창밖으로 보이는 하늘은 하얀 구름 조각들이 파란 하늘을 덧칠하고 있고 귀에는 온통 매미 소리만 들립니다.

친구님들 눈에는 무엇이 보입니까?
귀에는 어떤 소리가 들리나요?

하늘을 바라보면서 비라도 내려 이 더위를 좀 누그러뜨려 주었으면 하고 바라봅니다. 매미 소리는 좀 더 음악적으로 들려왔으면 하고요.

아일랜드 속담에 "인생은 차와 같아서 만드는 방법에 따라 달라진다."는 속담이 있다고 합니다. 혀끝에서 느껴지는 차의 맛과 코끝을 자극하는 향기가 물의 양과 온도에 따라 달라지듯이 인생도 그렇다는 것이지요. 물론 분위기도 빼놓을 수 없는 요인이겠지요.

8월 첫날, 친구님은 어떤 차를 마시고 어떤 인생을 만들고 싶으세요?

같은 차로 그것을 끓이고 만드는 사람에 따라 다른 맛과 향기를 내는 것처럼, 우리 인생도 긍정적이고 선한 방향으로 다른 맛과 향기를 낼 수 있게 되기를 소망합니다.

시련을 겪은 뒤에 더 강해진다.

The first time you're broken, you don't know you'll
be healed again, better than before. (Sharon Olds)
당신이 처음으로 마음의 상처를 입게 되면, 당신은 이전보다
더 좋게 다시 치유되리라는 것을 알지 못한다. (샤론 올즈)

우리 속담에 "비 온 뒤에 땅이 굳어진다."는 말이 있습니다. 온통 비에 젖어 질척거리던 흙이 비가 그치고 햇살이 비추면 젖었던 흙이 마르면서 단단하게 굳어진다는 뜻이지요. 이는 자연현상의 이야기를 통해 사람이 어떤 시련을 겪은 뒤에 더 강해진다는 것을 비유적으로 표현하는 말이기도 합니다.

사람들이 갑자기 시련을 겪게 되면 하늘이 노랗고 눈앞이 캄캄해진다는 표현을 쓰기도 합니다. 물론 사람마다 시련을 표현하고 대응하는 방법에는 차이가 있지만요. 자기 자신이 내린 선택의 결과가 잘못되거나 누군가로 인하여 일이 잘못 전개되어 마음의 상처를 입게 되면, 그 상처는 치명적이 되어 그 사람에게는 처음에는 희망이 보이지 않을 수도 있습니다.

저도 그런 경험이 있습니다. 일이 잘못되고 다른 사람 때문에

큰 물질적 피해를 보게 되니 마음마저 황폐해지며 세상이 다 끝난 것 같더군요. 그런데 돌이켜 보니 그 시련과 마음의 상처는 내가 다른 측면을 생각하고 깨닫게 했습니다. 나는 다른 사람들에게 그런 적이 없었나? 겉으로 드러나지 않았을 뿐이지 더 많을 수도 있다는 생각이 들었습니다. 더 겸손해져야 하고 다른 사람들의 입장을 더 고려해야 한다는 깨달음을 얻은 것이지요.

'인간 만사 새옹지마(人間 萬事 塞翁之馬)'라 했습니다. 당장 눈앞에 벌어지는 결과만을 가지고 너무 연연해 할 필요가 없는 것이지요. 당장은 좋지 못한 것처럼 보이지만 그것이 기틀이 되어 더 좋은 일이 일어날 수 있으니 말입니다.

요즘 사람들이 장마에, 찜통더위에 하는 일이 제대로 풀리지 않아 몸과 마음이 지칠 수 있습니다. 그러나 비 온 뒤에 땅이 굳어지듯, 우리의 몸과 마음도 시련을 겪고 나면 더 강해지고 전의 상태보다 더 좋아질 것이라는 희망과 믿음을 가졌으면 좋겠습니다.

물은 우리의 몸과 마음의 치유에 필수 요소다.

> Water is always a support or a healing thing apart from, you know, love or peace of mind.
>
> (Nastassja Kinski)
>
> 물은 당신이 알고 있는 사랑 또는 마음의 평화 외에도 항상 도움 또는 치유의 것이다. (나스타샤 킨스키)

우리의 몸은 과학적으로 따지자면, 물(66%), 단백질(16%), 지방(13%), 무기 염류(4%), 탄수화물(0.6%), 그리고 기타(0.4%)의 성분으로 이루어져 있다고 합니다. 몸 대부분을 차지하고 있는 성분이 물이라는 것이지요. 따라서 우리는 매일 적당량의 깨끗한 물을 마셔주어야만 합니다.

또한, 우리의 몸과 마음을 치유하는데 사랑과 마음의 평화가 주요한 요소라는 것은 대부분의 사람이 알고 있지만, 물이 우리의 몸과 마음을 치유하는 데 있어 중요한 역할을 한다는 사실을 간과하는 경우가 많습니다.

샤워 또는 목욕은 피로한 육체의 회복에 도움이 됩니다. 정신이 피로할 때 강이나 바다를 찾아 조용히 바라보는 물은 정신 회복에 도움이 됩니다. 또한, 목이 마를 때 마시는 시원한 물이나 따뜻한 물 한 모금은 피로한 우리의 몸과 마음의 회복에 큰 도움을 줍니다.

"냉수 마시고 정신 차리라"는 말이 있듯이, 물은 우리의 몸과 마음의 치유에 필수요소입니다. 우리 몸의 대부분을 차지하고 몸과 마음의 치유에 필수적인 물을 아껴 쓰고 깨끗하게 하는데 더 많은 관심을 가져야 하겠습니다.

자기에게 애정을 품어라.

> Be soft. Do not let the world make you hard. Do not
> let the pain make you hate. Do not let the bitterness
> steal your sweetness. Take pride that even though
> the rest of the world may disagree, you still believe
> it to be a beautiful place. (Kurt Vonnegut)
>
> 당신에게 애정을 품어라. 세상이 당신을 어렵게 하도록 두지
> 마라. 고통이 당신을 미워하게 두지 마라. 쓰라림이 당신의
> 달콤함을 훔치도록 두지 마라. 세상이 동의하지 않을지라도,
> 당신이 여전히 세상이 아름다운 장소가 되리라는 것을 믿는
> 다고 자랑하라. (커트 보네거트)

당신은 자기에게 얼마나 애정을 품고 있습니까?

당신이 자신에게 주는 애정 점수는 몇입니까?

세상이 당신을 어렵게 합니까?

고통이 당신을 미워하게 합니까?

쓸쓸한 감정이 당신의 달콤한 감정을 앗아가고 있습니까?

결코, 세상이 당신을 어렵게 하도록 두지 마세요. 고통이 당신을 미워하게 두지 마세요. 씁쓸한 감정이 당신을 지배하게 하지 마시고 달콤한 감정이 당신을 이끌도록 하십시오.

세상은 내가 어떤 생각을 하고 어떤 방향으로 움직이고 있는지에 따라 달라집니다. 우리는 하루에도 오만가지 생각을 하게 됩니다. 어떤 생각을 하는 것이 좋을까요?

때로는 씁쓸한 감정이 우리의 생활에 도움이 되는 때도 있지만, 달콤한 생각이 자신의 생활을 이끌도록 하십시오.

아름다운 눈으로 세상을 보세요. 그리고 긍정적 믿음으로 자신을 사랑하십시오. 세상이 항상 내 편일 수는 없지만, 세상이 아름다운 장소가 될 것이라는 믿음을 가지십시오. 그러면 세상은 아름다운 일로 가득하게 될 것입니다.

우리의 생각이 우리를 만든다.

> We are shaped by our thoughts; we become what we think. When the mind is pure, joy follows like a shadow that never leaves. (Buddha)
> 우리는 우리의 생각에 따라 만들어진다. 우리는 우리가 생각하는 대로 된다. 우리의 마음이 순수하면 즐거움은 절대 떠나지 않는 그림자처럼 따라온다. (부처)

"열 길 물속은 알아도 한 길 사람 속은 모른다"는 말이 있습니다. "사람의 마음은 알 수 없다"는 말이겠지요. 우리가 가진 생각은 내가 겉으로 표현하기 전에는 다른 사람이 결코 알 수 없습니다.

이와 마찬가지로 우리의 사람됨이나 외양도 우리의 생각에 따라 달라집니다. 우리가 하는 생각은 또한 우리의 말과 행동을 지배합니다. 내가 어떤 생각을 하느냐에 따라 나의 행동의 방향이 결정되고 나의 인생의 여정이 결정되는 것이지요.

우산장사와 짚신장사를 아들로 둔 두 어머니의 이야기는 좋은 예입니다. 한 어머니는 비가 오면 우산장사 아들이 장사가 잘 될 것이라고 좋아하고, 햇살이 뜨거우면 짚신 장사 아들이 장사가 잘

될 것이라고 좋아하였습니다. 다른 어머니는 이와는 반대로, 비가 오면 짚신장사 아들이 장사가 안 될 것이라고 걱정하고, 햇살이 뜨거우면 우산장사 아들이 장사가 안 될 것이라고 걱정하였습니다. 자식을 사랑하는 어머니의 마음이 두 분 어머니가 다를 것이 없으며, 처한 환경이 똑 같음에도 불구하고 한 어머니는 매일이 즐겁고, 한 어머니는 매일이 걱정입니다.

당신의 스타일은 어느 어머니 쪽인가요?

우리의 일상은 우리의 생각에 따라 아름답고 행복한 곳이 될 수도 있고, 그렇지 못한 곳이 될 수도 있습니다. 아이들과 같은 순수한 마음을 가진다면 우리의 일상은 매일이 즐거울 것입니다. 그렇다고 슬퍼해야 할 순간, 울어야 할 순간에 기뻐하고 웃으라는 이야기가 아닙니다. 우리가 처한 환경은 우리의 생각에 따라 달라지고, 우리는 우리가 생각하는 대로 됩니다.

당신은 당신의 인생 여정에 어떤 그림자를 달고 다니겠습니까?

몸속의 세포를 느끼고 세포 속의 영혼을 느끼라.

Person who does not feel every cell of his body and
who does not find his soul in every cell of his body
cannot treat himself at all. (Ilkin Santak)
자신의 몸속에 있는 모든 세포를 느끼지 못하는 사람과 자
신의 몸의 모든 세포 속에 있는 영혼을 찾지 못하는 사람은
결코 자신을 치유할 수가 없다. (아일킨 산탁)

더위가 한창 기승을 부리더니 지역적으로 내린 폭우는 사람들의
마음을 아프게 합니다. 세상사는 언제나 양면성이 있습니다. 자연
은 사람을 즐겁게 했다가 슬픔을 주었다 합니다. 사람들은 더울 때
는 비를 그리워하고, 비가 많이 내리면 또 햇볕을 기다립니다.

자연 현상과 사람의 마음이 그렇다면 우리는 매 순간 일어나는
현상에 대해 어떻게 대처해야 할까요?

결국은 일어나는 자연 현상과 자신의 몸속에서 일어나는 일에
대해 스스로 대처할 힘을 길러야 합니다. 자연 현상이 일어나는 것
을 우리가 어떻게 할 수는 없지만, 그에 대한 대응은 우리가 선택
할 수 있고, 우리의 몸에서 일어나는 현상이나 문제는 몸의 주인인

우리가 통제하고 치유하는 것이 가능하기 때문입니다.

따라서 우리는 우리의 몸에서 일어나는 일에 대해서는 모든 감각을 개방하고 동원하여야 합니다. 우리 몸은 자신을 치유할 수 있는 회복력(자연 치유력)을 가지고 있으므로, 우리가 몸속의 세포의 움직임을 느낄 수 있다면 우리의 몸에 생기는 이상을 치유할 수 있을 것입니다. 또한, 몸과 마음은 하나의 체계이기 때문에 세포 속의 영혼을 느끼는 것도 가능할 것입니다. 몸속의 세포를 느끼고 세포 속의 영혼을 찾는 것은 곧 자연치유의 시작입니다.

수시로 변하는 자연 현상과 몸의 변화에 대해 적절히 대처하고 치유할 수 있는 감각적 민감성을 지닌 여러분 되시기 바랍니다.

아침에 눈을 뜨면 즐거워하고 모든 일이 잘될 것으로 기대하라.

> Never hurry. Take plenty of exercise. Always be cheerful. Take all the sleep you need. Expect to be well. (James Freeman Clarke)
>
> 결코 서두르지 마라. 충분히 운동하라. 항상 즐거워하라. 필요한 만큼 잠을 자라. 모든 일이 잘될 것으로 기대하라.
>
> (제임스 프리먼 클라크)

아침에 눈을 뜨면 새로운 하루가 시작된 것을 감사하세요. 인생에 있어 새로운 역사가 시작된 것이니까요. 결코, 어떤 일이든지 서두르지 마세요. 운동하는 시간을 가지세요. 우리 인생이 항상 즐거운 일만 생기는 것은 아니지만, 가능한 한 즐거워하십시오.

마음이 육체의 건강을 좌우합니다. 충분한 수면은 건강을 지키는 큰 비결입니다. 충분히 잠을 자세요. 그리고 몸 상태가 좋아지고 있다고 최상의 상태를 기대하세요. 모든 일이 잘될 것으로 기대하십시오.

우리의 두뇌는 현실과 상상을 구분하지 못하고 내가 상상하는

것을 이루려고 하는 습성을 가지고 있습니다. 당신의 생각은 감정
을 바꾸고 육체에 영향을 줍니다.

나는 청춘인가?

Youth is not a time of life; it is a state of mind; It is not a matter of rosy cheeks, red lips and supple knees; It is a matter of the will, a quality of the imagination, a vigor of the emotions; It is the freshness of the deep springs of life. (Samuel Ullman)
청춘은 인생에 있어 시간이 아니라 마음의 상태이다.
청춘은 장밋빛 볼, 붉은 입술, 유연한 무릎이 아니라,
의지, 풍부한 상상력, 감성적 활력의 문제이다.
청춘은 인생의 깊은 샘물의 신선함이다. (사무엘 울만)

달이 바뀌어 또 새로운 달이 시작되는 첫날(2014년 9월 1일)이 되었습니다. 또한, 내 인생에 있어 남아있는 날 중에서 첫날이 시작된 것이지요. 시간은 어김없이 지나갑니다. 지나가는 시간을 느끼며 시간이 빠름을 야속하게 여긴 적이 있나요?

유대계 미국인 기업가이면서 시인이었던 사무엘 울만 (1840-1924)은 그의 산문 시 '청춘(Youth)'에서 인생에서의 '청춘은 시간의 문제가 아니라 마음의 상태에 달려 있고, 청춘은 곧 인생의 깊은 샘물에서 나오는 신선함'이라고 말합니다.

울만의 시는 미국에서보다 일본에서 더 많이 알려지고 명성을 얻었다고 합니다. 맥아더(Douglas McArthur) 장군이 제2차 세계대전 당시 연합군 총사령관으로 일본에 주둔할 때 도쿄에 있는 자신의 사무실 벽에 써놓고 애송하였으며, 종종 자신의 연설에서도 청춘의 시구를 인용하였기 때문이라고 합니다.

울만은 말합니다. 청춘은 또한 용기가 있음을 의미한다고. 피부를 주름지게 하는 것은 세월이지만, 영혼을 주름지게 하는 것은 열정의 포기라고. 걱정과 두려움, 좌절이 마음의 기력을 꺾고 정신을 나약하게 만들기 때문에 걱정과 두려움, 좌절을 이겨내라고….

울만은 말합니다. 나이에 상관없이 모든 사람은 마음속에 경이로움에 대한 유혹, 미래에 대한 멈추지 않는 어린이들이 가지는 열정과 인생이라는 게임에 대한 즐거움을 느끼고 있다고….

울만은 말합니다. 사람이 세상과 단절되어가고 정신이 냉소적인 눈으로 변하며 염세주의적 얼음으로 덮이게 되면 비록 그의 나이가 20세라 할지라도 늙은 것이라고….

하지만, 사람이 세상과 소통하고 낙관주의의 파도를 타고 희망을 품을 수만 있다면, 비록 그의 나이가 팔십이라 할지라도 젊게 죽을 수 있다고….

달력이 바뀐 첫 날, 영원한 청춘이고 싶은 마음으로 글을 씁니
다.

무엇이든 시도하라.

What would life be if we had no courage to attempt
anything? (Vincent Van Gogh)
우리에게 어떤 것을 시도할 용기가 없다면, 인생은 어떨까?

(빈센트 반 고흐)

요즘 읽고 있는 〈역경의 심리학〉이라는 책 표지에 "만족상태의 돼지이기보다는 불만족상태의 인간일 때 더 의미 있지 않을까?"라는 질문이 시선을 끕니다. 또 "어떤 인생에도 의미는 있다"고 말합니다.

저는 이 말에 동의합니다. 우리는 태어난 순간부터 의미가 있는 인생이 되었다고 믿기 때문입니다. 이 세상에 나와 같은 사람은 아무도 없으며, 나는 유일무이한 존재이니까요. 의미 있는 인생이라서 그럴까요? 인생 앞에는 많은 도전이 자리하고 있는 것 같습니다.

그런데 고흐의 말처럼, 도전에 맞설 용기가 없다면, 인생은 어떨까요? 의미 있는 인생을 만들기 위해서 시도해야 하는 것이 아니라, 이미 의미 있는 인생으로 태어났기에 이것저것 시도해보는 것이 아닐까 생각해봅니다.

  지금까지 경험으로 보면, 어떤 일을 시도하게 되면 의도하는 대로 잘되는 일도 있고, 아픈 상처로 남는 일도 있습니다. 아픈 상처는 결국 인생이 의미 있을 수 있도록 우리를 성장시킵니다.

  오늘도 저는 인생 앞에 놓인 도전에 맞서는 시도를 합니다.

자신을 믿으라.

> Believe in yourself and all that you are. Know that
> there is something inside you greater than any
> obstacle. (Christian D. Larson)
> 자신과 자신의 모든 것을 믿으라. 당신의 내면에는 어떤 장애
> 보다도 더 위대한 어떤 것이 있다는 것을 알라.
>
> (크리스챤 D. 라르슨)

 2013년 9월 8일 저녁 KBS 1TV의 '강연 100°C'라는 프로그램
을 시청하였습니다. 그중에 '나를 사랑하고 응원하라'는 주제로 강
연한 황선만 님의 이야기가 저를 사로잡더군요. 아마도 그의 '나에
게 주는 표창장' 때문이었을 겁니다.

 그의 강연에 따르면, 자신이 어려움에 닥치니 아무도 자신을 위
로하거나 거들떠보는 사람이 없었고, 자신을 기다리는 것은 빚더미
였다고 합니다. 눈앞이 캄캄하였으나 문득 자신의 어릴 적이 꿈이
생각났다고 합니다. 그래서 그는 자신을 격려하면서 꿈을 이루기
위한 준비를 하기로 합니다. 자신이 잘했던 일들과 장래 계획을 중
심으로 자신을 격려하는 차원에서 자기에게 주는 표창장의 문구를
만들고 스스로 표창패를 제작하여 자신에게 수여합니다. 그러자 자

신감이 생기기 시작하였다고 합니다.

 가정형편 때문에 대학 진학을 포기하고 공무원이 되면서 잊고 있던 작가의 꿈을 키우기 위해 꾸준한 독서와 습작을 하였고, 그 결과 13년 만에 빚을 모두 청산하고 9권의 책을 출간한 작가로 거듭났다는 내용의 강연이었습니다.

 절망의 순간에 자존감을 느끼고 자신을 격려하는 것이 무엇보다도 중요하며, 그 일을 가장 잘할 수 있는 사람이 자신이라는 것이었습니다. 그렇습니다. 자신이 자신을 믿지 않고 자신의 있는 그대로의 모습을 사랑하지 않는다면 누가 우리를 믿어주고 사랑해주겠습니까?

 사람은 누구나 태어나면서부터 위대한 그 무엇을 가지고 태어났습니다. 고난이 닥쳤을 때야말로 태어날 때부터 이미 가지고 있는 자신의 내면에 있는 자신만의 위대한 그 무엇이 빛을 발할 때입니다.

 자신을 존중하고 사랑하는 것은 새로운 출발을 위한 디딤돌입니다. 우리 모두 바로 지금 자신의 장점들을 찾아보고 격려하는 시간을 가져보는 것은 어떨까요?

사람을 살리는 말을 하라.

A broken bone can heal, but the wound a word
opens can fester forever. (Jessamyn West)
부러진 뼈는 치료할 수 있다. 그러나 말로 시작된 상처는 영
원히 악화될 수 있다. (제서민 웨스트)

생활 속에서 난 육체의 상처는 쉽게 치료할 수 있다. 그러나 사
람들과의 관계에서 말로 생긴 상처는 아물기가 쉽지 않아 상처 입
은 사람의 마음속에 영원히 자리하는 때도 있다. 그러므로 우리는
사람을 살리는 말을 하여야 한다.

그런 점에서 우리 선조들이 새해가 되면 덕담을 서로 주고받은
전통은 우리가 배우고 계승발전 시켜야 할 삶의 지혜다.

오늘 주변 사람들에게 영혼에 힘을 주고 삶의 희망을 주는 사람
을 살리는 한마디를 하십시오. 좋은 말 한마디는 사람을 살립니다.

사소한 일이라도 좋은 것을 지키라.

> Hold on to what is good, even if it's a handful of earth. (Nancy Wood)
> 한 줌의 흙이라 할지라도 좋은 것을 지키라. (낸시 우드)

한국에만 특이하게 존재하는 질환이 있는데, 이른바 명절 증후군 (holiday syndrome)입니다. 즐거워야 할 명절에 모처럼 모인 가족들 사이에서 음식 준비와 손님접대에 따든 가사 또는 사람들과의 관계 때문에 생기는 신체적, 정신적 피로가 스트레스를 불러일으키는 것으로 예전에는 주로 주부들에게 많이 발생하였습니다. 그러나, 시대의 변화에 따라 그 대상을 가리지 않고 발생한다고 합니다. 남자인 저도 예외는 아니어서 가끔 명절 증후군을 앓습니다.

풍요로운 추석 명절이 지났습니다. 혹시 명절 증후군이 의심된다면 쉽지는 않겠지만 좋은 것만 기억하십시오. 부처에 따르면, '몸과 마음이 건강해지는 비결은 과거를 애석해 하거나 미래를 걱정하는 것이 아니라 현재의 순간을 현명하고 진지하게 사는 것'이라고 합니다.

추석 명절에 받은 스트레스가 있습니까? 이미 지난 과거로 여깁

시다. 다가올 미래의 일을 미리 걱정하지도 하지 맙시다. 우리 모두 현재 이 순간에 아주 사소한 일이라도 명절에 있었던 좋았던 일을 붙잡고 지켜나가는 선택을 합시다.

일상속의 행복

현재를 충분히 삶으로써 과거를 치유하라.

> We do not heal the past by dwelling there; we heal the past by living fully in the present. (Anonymous)
>
> 우리가 과거에 얽매여 살면서 과거를 치유할 수 없다. 우리는 현재를 충분히 삶으로써 과거를 치유한다. (작가미상)

많은 사람이 과거 때문에 현재의 삶이 발목을 잡혀 자신의 삶을 풍요롭게 살지 못하는 경우가 있습니다. 과거의 일에 얽매여 현재의 삶이 발목을 잡히고 더욱 나은 자신의 삶을 영위하지 못한다면 정말 안타까운 일이 아닐 수 없습니다. 그런데 실제로 우리 주변에는 그런 안타까운 일이 많습니다.

과거의 일은 이미 지난 과거일 뿐입니다. 우리는 과거를 치유함으로써 진정한 자신의 삶을 영위할 수 있습니다. 그리고 과거를 치유하는 방법은 현재를 충분히 사는 것입니다. 주어진 자신의 환경을 온전히 자신의 것으로 만들고 자신이 가진 시간을 충분히 활용하는 노력이 있을 때, 자신의 삶을 충분히 살게 될 것입니다.

가장 좋은 치유 에너지는 사랑이다.

> Love one another and help others to rise to the
> higher levels, simply by pouring out love. Love is
> infectious and the greatest healing energy. (Sai Baba)
> 서로 사랑하라. 다른 사람을 더 높은 수준으로 끌어올리기 위
> 해 단순히 사랑을 쏟아놓음으로써 도와라. 사랑은 전염이 되
> 며 가장 좋은 치유 에너지이다. (사이 바바)

사랑은 나 자신을 그리고 다른 사람을 있는 그대로 보는 것이
며, 있는 그대로의 모습을 인정하는 것입니다. 사랑은 있는 그대로
의 나 자신의 모습과 다른 사람의 모습을 존중하는 것입니다.

자신을 사랑하고 다른 사람을 사랑하십시오.

사랑은 아무런 대가 없이 먼저 주는 것입니다.

사랑은 불가능을 가능으로 바꾸는 위대한 힘과 몸과 마음이 지
친 사람을 일으켜 세우는 가장 큰 힘을 소유하고 있습니다.

사랑은 치유의 에너지입니다.

자연 치유력이 가장 좋은 의사다.

Everyone has a doctor in him or her; we just have to help it in its work. The natural healing force within each one of us is the greatest force in getting well. (Hippocrates)

모든 사람은 자신 안에 자신만의 의사를 고용하고 있으며, 우리는 그 의사가 제 역할을 하도록 도와주기만 하면 된다. 우리 각자의 몸속에 있는 자연치유력은 병이 나아지는 데 가장 큰 힘이다. (히포크라테스)

모든 자연의 이치가 그러하듯 우리의 몸도 원래 상태를 회복하고 유지하고자 하는 회복력 또는 복원력을 가지고 있습니다. 즉, 우리의 몸은 상처가 나거나 질병이 생기면 자신을 치유하고 건강한 원래의 상태로 유지하고자 하는 자연 치유력을 가지고 있습니다.

그러나 이 자연 치유력은 스스로 작동하기보다는 우리가 도와주었을 때만 작동을 합니다. 우리의 몸은 스스로 의사의 역할을 하지만 그 의사가 적정한 처방을 하고 바른 치료를 하도록 돕는 것은 우리 자신의 마음입니다. 몸과 마음은 하나이기 때문에 우리의 마음이 몸을 작동하도록 역할을 하는 것입니다.

자연 치유력은 병이 나을 수 있도록 하는 최고의 힘이며, 이 최고의 힘을 움직이는 것은 우리의 마음입니다. 마음과 몸이 조화를 이룰 때 우리의 몸의 회복력은 증가할 것입니다.

좋은 습관을 위해서는 그 일을 자주 반복하라.

> Habits, good or bad, are perpetuated by repetition.
> Slowing the repetition of your bad habits is the first
> step to eliminating them. (J.J. Goldwag)
> 습관은 좋은 것이든 나쁜 것이든 반복으로 지속된다. 나쁜 습
> 관을 제거하기 위한 첫 번째 단계는 나쁜 습관의 반복 속도
> 를 늦추는 것이다. (골드웨그)

오늘(2013년 10월 22일)은 한국생산성본부에서 주최하는 CEO 조찬 모임에 참석하였습니다. 조찬 모임은 7시에 시작되었습니다. 간단한 아침 식사를 마친 후 '18억 시장 진출을 위한 이슬람 문화 바로 알기'라는 주제로 외국어대학교 서정민 교수의 유익한 강의를 들을 수 있었습니다.

이 글을 통해 제가 말하고자 하는 것은 조찬 강연이 아니라, 아침 일찍부터 공부나 일을 시작하는 분들에 관한 얘기를 하고자 합니다. 저는 올빼미 타입의 생활 습관이 있습니다. 어쩌다 보니 늦게 자고 늦게 일어나는 것이 습관이 된 것이지요. 그래서 오늘같이 조찬 모임에 참석할 때는 알람을 두 번 이상 연속으로 시간을 설정하곤 합니다.

저는 주로 대중교통을 이용하여 서울로 출퇴근하는지라 조찬모임이 있을 때면 6시 이전에 집을 나서야만 겨우 7시에 모임 장소에 도착합니다. 새벽에 전철을 이용할 때마다 느끼는 것은 열심히 사는 분들이 정말 많다는 것입니다. 특히 오늘같이 CEO들이 모이는 모임에 참석해 보면 많은 분이 참석하여 강사의 말에 귀를 기울이는 것을 볼 수 있습니다. 전철 안에서 만난 분들이나 조찬 모임에서 만난 분들이나 다는 아니겠지만, 아침 일찍 일어나는 좋은 습관을 지닌 분들이겠지요.

제가 아침에 일찍 일어나는 것을 습관으로 하고자 한다면, 조찬 모임에 자주 참석하면 될 것입니다. 그러다 보면 어느 순간부터 매일 일찍 일어나게 되겠지요. 습관은 어떤 행위의 반복으로 만들어지기 때문입니다.

좋은 습관과 나쁜 습관의 기준은 사람에 따라 다를 수 있습니다. 자신의 삶에 있어 그 습관이 주는 만족도에 따라 좋은 습관이 되기도 하고 나쁜 습관이 되기도 하겠지요. 어떤 경우이든 콩나물이 반복적으로 흘러내리는 물을 먹고 자라듯이 습관은 계속되는 반복으로 생겨납니다.

본인을 만족하게 하는 좋은 습관을 위해서는 반복의 정도를 더 자주 하세요. 고치고자 하는 습관이 있다면 반복의 횟수를 줄이도록 하십시오. 습관은 반복이 만들어낸 산물입니다.

글을 쓰는 것은 치유의 한 방편이다.

> Writing is a way of processing our lives. And it can be a way of healing. (Jan Karon)
> 글쓰기는 우리의 살아가는 과정을 처리하는 방법의 일종이며, 치유의 방편이 될 수 있다. (얀 카론)

얼마 전 인사동에 있는 한 식당에서 점심 약속이 있었습니다. 점심을 같이한 지인과 식당 사장님이 잘 아는 사이라 저도 인사를 주고받았습니다. 인사를 나누다 보니 식당 사장님이 황태영이라는 수필가였습니다. 식당 이름도 '희여골'이라고 좀 특이했는데 경상북도 지역에 있는 마을 이름이라고 했습니다. 또한 '민들레 면과 유황 생돼지 전문점'이라는 간판이 이색적이었습니다.

만난 기념으로 그분께서 쓰신 〈편지가 꽃보다 아름답다〉는 책 한 권과 그분이 개발했다는 유황 미용비누 한 개를 선물로 받았습니다. 이 글을 쓰면서 생각해보니 식사 대보다 받은 선물 값이 더 많은 것 같습니다. 책에 이런 구절이 있습니다.

"꽃은 세상을 아름답게 한다. 기쁨을 주는 최고의 선물이기도 하다. 그러나 꽃보다 더 뭉클하고 용기를 주는 것이 있다. 마음을 담은 친필 편지다. 친필 편지는 메마른 세상에 그늘 같은 쉼터가 된다."

그런데 요즘은 첨단정보기술의 산물인 인터넷을 통한 이메일이나 휴대전화 및 다양한 SNS 등을 이용한 메시지의 사용으로 친필편지를 쓰는 경우가 매우 드문 일이 되고 말았습니다. 친필 편지를 쓰게 되면 더 많이 생각하여 표현하게 되고 더 많이 다듬어 쓰게 되는데 말이지요. 아마도 황태영 작가가 '편지가 꽃보다 아름답다'고 한 이유가 아닐는지….

글을 쓰다 보면 자신의 인생과 주변 사람들에 대해 생각하게 되는 때가 많습니다. 그러다 보면 미처 되돌아보지 못했던 것을 깨닫게 되는 순간도 있고, 마음 아파하며 가슴속에 묻고 있던 커다란 돌덩이 같은 응어리가 따스한 봄 햇살에 눈 녹듯이 사라지는 것을 경험할 때도 있습니다. 물론 스스로 격려하고 용기를 주는 일도 생긴답니다. 제가 글을 쓰는 이유 중의 하나입니다.

여러분도 글을 써 보세요. 자신의 삶을 통해 치유가 일어나는 것을 체험할 수 있을 것입니다.

모든 사람은 자신의 문제를 해결할 자원을 가지고 있다.

> Everyone has a doctor in him or her; we just have to help it in its work. The natural healing force within each one of us is the greatest force in getting well. (Hippocrates)
>
> 모든 사람은 자신 안에 의사를 가지고 있다. 우리는 몸 안의 의사가 작동하도록 도울 뿐이다. 우리 각자가 가지고 있는 자연 치유력은 병이 나아지는 데 있어 가장 큰 힘이다.
>
> (히포크라테스)

모든 사람은 자신의 문제를 해결할 자원을 가지고 있습니다. 즉, 모든 문제에 대한 해답을 자신이 가지고 있습니다. 단지 그 해답을 발견하지 못할 뿐입니다. 그래서 육체의 병을 치료하는데 의사와 약물의 도움을 받는 것이고, 마음의 병을 고치기 위해서 상담사나 코치의 도움을 받는 것입니다.

그러나 근본적인 치료 또는 치유의 해답은 자신 안에서 찾아야 합니다. 모든 병은 마음에서 생긴다는 말이 있듯이 결국 마음이 중요합니다. 평온한 마음으로 즐겁고 행복한 주말 보내시기 바랍니다.

슬픔과 기쁨은 오직 자신만의 것이다.

> Nobody understands another's sorrow, and nobody another's joy. (Franz Schubert)
> 다른 사람의 슬픔을 이해하는 사람은 아무도 없고, 다른 사람의 기쁨을 이해하는 사람도 없다. (프란츠 슈베르트)

다른 사람이 당신의 슬픔이나 기쁨을 제대로 이해해 주지 못해 서운한 적이 있었나요? 또한, 당신은 다른 사람이 슬픔에 처했을 때 얼마나 이해를 하셨나요? 다른 사람의 기쁨은요?

세상을 살아가면서 우리는 많은 일을 겪게 됩니다. 낯선 길을 가다 두 갈래 길을 만나 당황하게 되는 것과 마찬가지이지요. 하지만, 우리가 겪게 되는 심각한 일도 다른 사람들에게는 그렇게 느껴지지 않는 예도 있는 것 같습니다. 슈베르트 말처럼….

건강의 비결은 현재를 현명하고 진지하게 사는 것이다.

> The secret of health for both mind and body is not to mourn for the past, not to worry about the future, or not to anticipate troubles, but to live the present moment wisely and earnestly. (Buddha)
> 몸과 마음을 위한 건강의 비결은 과거를 슬퍼하고, 미래를 걱정하고, 문제점을 기대하는 것이 아니라, 현재의 순간을 현명하고 진지하게 사는 것이다. (부처)

우리의 현재의 모습은 원했든 원치 않았든 나의 과거의 흔적입니다. 따라서 과거를 슬퍼하지 말아야 합니다. 이미 지나간 일이니까요.

우리의 몸과 마음의 병은 과거에 집착한 데서 유래하기도 합니다. 또한, 아직 닥쳐오지 않은 미래를 미리 걱정하지 마세요. 어떤 일이든 그 일이 잘못될 것을 기대하지 마세요. 미래를 생각할 때는 긍정적인 자신의 발전적 모습을 기대하십시오.

이 모든 것들보다 더 중요한 것은 현재입니다. 현재의 자신의 모습을 있는 그대로 인정하고 현재 자신이 처해 있는 상황을 좀 더 현명하고 진지하게 사는 것입니다. 몸과 마음은 하나입니다. 몸과 마음이 건강하기 위해서는 현재를 현명하고 진지하게 사는 지혜가 필요합니다.

당신을 행복하게 하는 데 필요한 일을
당신이 하라.

> Let people do what they need to do to make them
> happy, mind your business, and do what you need to
> do to make you happy. (Ritu Ghatourey)
> 사람들이 자신들을 행복하게 할 필요가 있는 일들을 하게 두
> 고, 당신의 일을 하라. 그리고 당신은 당신을 행복하게 할 필
> 요가 있는 일을 하라. (리투 가토우리)

버스를 타고 이동하면서 열린 창문으로 얼굴을 스치는 시원한 바람을 느끼며, 차창 밖으로 가을의 맑은 하늘과 들판에 노랗게 물들어 있는 벼를 볼 수 있었습니다.

스마트 폰을 통해서, 어느 지역에는 아침에 우박이 내렸다는 소식과 함께 우박이 떨어지고 있는 사진도 보았습니다. 그리고 내가 보기에 자신의 삶을 정말 치열하게(?) 열심히 사는 한 후배의 자기 성찰의 글을 접하였습니다.

"---내면보다는 외형에 치우친 삶을 반성해 봅니다. ---책임도 다하지 못하고 이름만 올려놓은 단체도 탈퇴하고 나 자신을 돌아

다봅니다. ---외형보다는 내면에 충실할 나이가 들었나 봅니다. 남의 눈에 비추는 삶보다는 내가 하고 싶은 일을 정열적으로 하면서 살고 싶습니다."

아직 모든 것을 다 내려놓지 못하고 있는 내 삶을 되돌아보는 계기를 후배가 마련하여 준 것 같았습니다. 나의 몸에는 찌릿한 전류가 흘렀습니다. 고개를 끄덕이며 〈내면에 충실!!! 공감!〉이라는 댓글을 달았습니다.

그 후배가 어떤 삶을 살아왔고, 어떤 꿈을 꾸고 있는지 조금은 알기에 마음속으로 "야 멋지다, 그 깨달음이 자네의 꿈을 이루는 초석이 될 것이다."라고 응원하면서…. 그리고 보니 후배를 향한 나의 마음속 메시지는 또한 저를 향한 채찍질이며, 응원의 메시지이기도 하네요.

당신을 행복하게 하는 데 필요한 일을 당신이 하라.

마음으로부터 서로 주는 것이 연민이다.

> What I want in my life is compassion, a flow between myself and others based on a mutual giving from the heart. (Marshall B. Rosenberg)
> 내 삶에서 내가 바라는 것은 마음으로부터 서로 주는 것에 근거한 나와 다른 사람들 사이의 흐름인 연민이다.
>
> (마샬 로젠버그)

도심지 한복판의 공원에도 가을이 왔습니다. 자신들의 멋을 한껏 자랑하는 형형색색의 나뭇잎들이 자신의 자태를 뽐내고 있습니다. 서로 잘났다고 시기도 하고 질투도 할 것만 같은데, 나뭇잎들은 자신만을 내세우지 않네요. 주변의 친구들과 조화를 이루면서 서로가 상대를 빛나게 해주네요.

같은 나뭇가지의 잎인데도 어느 것은 다른 것보다 더 빨리 물이 들기도 하고, 더 진한 색을 내기도 하네요. 하지만 먼저 물든 잎은 뒤에 물들 잎들을 위해서, 뒤에 물들 잎들은 먼저 물든 잎들을 위해 서로를 격려하는 듯 느껴집니다. 순서가 약간 바뀌어도, 나보다 못난 잎이 먼저 물들어도, 더 진한 색을 띠어도 인정하는 것 같습니다.

서로 마음으로 상대에게 자신의 애틋한 마음을 전달하는 것 같습니다.

「너의 색이 참 아름답구나. 내가 너의 아름다움이 더욱 빛이 나도록 도와줄게. 못난이가 옆에 있다고 구박하지 말아 줘. 내가 있어 네가 빛나고, 네가 있어 나도 빛이 날거야. 네가 내 옆에 있어 참 좋다. 고마워! 내 옆에 있어줘서…」

누군가와 서로 말을 하지 않아도 통하는 뭔가가 있다면, 그저 상대에게 마음으로부터 우러나는 애틋한 감정이 있다면, 그것은 상대를 아끼는 연민의 정일 것입니다. 이 가을의 자연처럼, 우리도 서로서로 상대방을 더욱 빛나게 마음으로 주는 사람들이 되었으면 하고 바라봅니다. 건강한 몸과 마음으로 즐겁고 행복한 가을 보내시기를 기원합니다.

이 글을 읽어주는 당신이 있어 행복합니다.
사랑합니다.
감사합니다.

당신은 존경받을 가치가 있는 사람이다.

> Learn to deal with the fact that you are not a perfect person but you are a person that deserves respect and honesty. (Pandora Poikilos)
>
> 당신이 완벽한 사람이 아니지만, 당신이 존경받을 가치가 있고 정직한 사람이라는 사실을 다루는 것을 배워야 한다.
>
> (판도라 포이킬로)

사람은 완벽할 수는 없습니다. 그런데도 누구나 존재 그 자체로 존경받을 가치가 있습니다.

사람은 완벽할 수는 없지만 정직할 필요는 있습니다. 우리는 때때로 어떤 일을 완벽하게 처리해야 하는 것으로 여기고 자신의 몸과 마음을 힘들게 하는 경우가 있습니다. 당신은 신이 아닙니다. 그저 사람일 뿐입니다.

너무 완벽함을 추구하여 자신을 힘들게 하지 마십시오. 당신은 이 세상에 존재하는 그 자체만으로 존경받을 가치가 있습니다.

당신에게 좋은 친구가 되고 싶어요.

> A good friend is a connection to life - a tie to the past, a road to the future, the key to sanity in a totally insane world. (Lois Wyse)
>
> 좋은 친구는 인생과 연결이 되어있다. 과거로 서로를 묶고, 미래를 열어주는 길이며, 완전히 광기 어린 세상에서도 바른 길로 이끌어주는 비결이다. (로이스 와이즈)

당신이 생각하는 좋은 친구는 어떤 사람인가요?
제가 당신의 좋은 친구가 될 수 있을까요?

친구란 어떤 상황에서도 같은 방향을 바로 보고 함께 걸어갈 수 있는 사람이라고 생각하는데 과연 내가 당신에게 그런 사람이 될 수 있을까요?

많이 부족하지만 그런 사람이 되고자 노력하는 사람이 되겠습니다.

소중한 당신이 친구란 이름으로 내 곁에 있음에 감사합니다.

감사의 표현은 마음의 치료 약이다.

> Gratitude is medicine for a heart devastated by tragedy. If you can only be thankful for the blue sky, then do so. (Richelle E. Goodrich)
>
> 감사는 비극으로 마음에 충격을 받은 사람을 위한 약이다. 만일 당신이 푸른 하늘에 감사할 수만 있다면, 그렇게 하라.
>
> (리첼 굿리치)

오늘 하루 어떻게 보냈나요? 힘이 든 하루였나요? 누군가와의 관계 때문에 마음이 아프고 슬픈가요? 날씨 때문에, 많은 일 때문에 어디 몸이라도 불편해졌나요? 마음속에 불만이 쌓이고 불평할 일이 생기나요? 혹시, 그렇다 할지라도 감사할 일을 찾아 감사해 보세요.

어떤 어려운 상황에서도 감사할 일은 있습니다. 어떤 상황에 부닥쳐 있더라도 주변을 보고, 감사할 수 있는 것이 있다면 감사하세요. 그러면 당신의 불평과 불만, 그리고 슬픔은 줄어들고 마음의 상처는 좀 더 빨리 치유될 수 있을 것입니다.

지금 이 순간 당신이 감사할 수 있는 것에 감사해 보십시오.

저는 지금 이렇게 감사의 마음을 표현합니다.

내가 숨 쉴 수 있음에 감사합니다.
이 글을 쓸 수 있어 감사합니다.
이 글을 읽어 줄 분들이 있어 감사합니다.

제4장 겨울

향수는 사회적 유대감을 강화한다.

> Nostalgia is psychologically important. It boosts self-esteem, provides meaning in life, and strengthens one's sense of social connectedness.
>
> (Xinyue Zhou, Sun Yat-Sen University, China)
>
> 향수는 심리적으로 중요하다. 향수는 자부심을 북돋우고, 삶의 의미를 주며, 개인의 사회적 유대감을 강화한다.
>
> (신위에 쩌우)

영어사전에서 '향수(鄕愁)'로 번역되는 'nostalgia(노스탤지어)'는 국어사전의 정의로 보면, 그 의미가 다르게 다가옵니다. 국어사전에 따르면, '고향을 몹시 그리워하는 마음' 또는 '지난 시절에 대한 그리움'이 '노스탤지어(nostalgia)'이고, '고향을 그리워하는 마음이나 시름'이 '향수(鄕愁)'입니다. 노스탤지어는 고향이나 지난 시절에 대한 그리움이지만, 향수는 그리움에 시름이 더해져 있습니다.

영어사전은 이 둘을 구별하지 않고 하나로 보고 있는데, 국어사전은 이를 두 개의 구별된 단어로 분류하고 있습니다. 그런데 이 '향수'는 '심리적으로 중요해서 자부심을 북돋우고, 삶의 의미를 주며, 개인의 사회적 유대감을 강화한다.'고 합니다. 중국의 중산대학

(Sun Yat-sen University, 中山大學)의 신위에 쩌우(Xinyue Zhou) 교수의 연구 결과가 그렇게 말하고 있습니다.

저는 지금까지 '향수'를 '노스탤지어'의 의미로 사용해 왔고, 앞으로도 그럴 것 같습니다. 제가 말하는 '향수'는 '고향이나 지난 시절에 대한 그리움'입니다. 고향이나 지난 시절을 떠올리면 그리움만 있을 뿐, 지금 내가 가지고 있는 시름은 없으니까요. 여러분은 어떤가요?

오늘 하루라는 시간을 보내면서 무엇인가 아쉬움이 있나요? 성취하지 못한 것에 대한 안타까움이 있나요? 다른 사람과의 관계에서 미련이 남는 일이 있나요? 당신의 마음을 아프게 하는 그 무엇이 있나요?

당신에게 힘과 용기를 주는 좋은 기억을 떠올려 보세요. 어린 시절을 함께 했던 친구를 만나 수다를 떨어보는 것도 좋겠지요. 지금 당장 친구를 만날 수 없다면, 고개를 들어 하늘을 쳐다보고 향수에 젖어보는 것도 좋습니다. 그리고 미소 지어 보세요. 가능하다면 소리 내어 웃어보세요. 당신은 미소 지을 때가 정말 아름답군요.

너 자신을 알아라.

All the scriptures tell us one thing: Know thyself. If you have known yourself, you have known everything else. (Sri Swami Satchidananda)

모든 경전은 우리에게 한 가지를 말한다: 너 자신을 알라. 만일 네가 너를 알게 되면, 다른 것들도 모두 알게 된다.

(스와미 사치다난다)

오늘 아침 우연히 책꽂이에서 최근 작고하신 안병욱 선생님의 수필집 「한 우물을 파라」를 발견했습니다. 내가 대학 다닐 때 읽었던 책이라 종이는 누렇게 물든 상태이지만, 그 내용은 내가 이 글을 쓰게 할 만큼 마음을 울립니다.

책을 통하여 선생님은 나에게 이렇게 묻습니다. "너 지금 한 우물을 제대로 파고 있느냐?, 너 자신을 제대로 알고 있느냐?"라고….

책에서 선생님은 "너 자신을 알아라"를 세 가지 의미로 해석합니다. 자신 생명의 존엄성을 아는 것이 첫 번째이고, 자신의 분수와 실력과 밑천과 천분(天分; 타고난 재질이나 직분)을 아는 것이

두 번째이며, 마지막으로 자신의 사명을 아는 것이라고 합니다. 그리고 이 세 가지를 아는 것이 자신을 아는 근본이라고 말합니다.

강의를 통해, 글을 통해 나 역시 사람들에게 "자신을 알라"고 이야기하지만, 과연 나는 나를 제대로 알고 있는지 생각해 봅니다. 한 우물을 제대로 파고 있는지도 말입니다.

2013년이 40여 일 남아 있습니다. 남은 기간 소중한 나의 생명에 대해, 나만의 독특한 천분에 대해, 그리고 나의 삶의 가치인 사명에 대해 겸손한 마음으로 다시 한 번 사색하고 행동으로 옮기겠다는 다짐을 해봅니다.

진정한 즐거움은 몸과 마음이 하나 될 때 나온다.

True enjoyment comes from activity of the mind and exercise of the body; the two are ever united.

(Humboldt)

진정한 즐거움이란 마음의 활동과 신체의 연습으로부터 나온다. 몸과 마음은 연합되어 있다. (홈볼트)

진정한 즐거움은 어디에서 온다고 생각하십니까?

즐거움은 때로는 마음에서 나오기도 하며, 몸의 움직임에서 나오기도 합니다. 그러나 진정한 즐거움은 몸과 마음이 하나 되었을 때 만끽할 수 있습니다. 몸과 마음은 별개의 것이 아니라 하나의 시스템이기 때문입니다.

가장 좋고 아름다운 것은 마음으로 느끼는 것이다.

> The best and most beautiful things in the world cannot be seen or even touched. They must be felt with the heart. (Helen Keller)
> 이 세상에서 가장 좋고 아름다운 것들은 눈에 보이거나 만져지는 것이 아니라, 마음으로 느껴져야 한다. (헬렌 켈러)

스티브 잡스(Steve Jobs)는 생전에 "우리가 가진 시간이 한정되어 있으므로, 다른 사람의 삶을 대신 사느라고 자신의 시간을 허비하지 말라."고 말한 적이 있습니다.

우리는 눈에 보이는 것, 손에 잡히는 것을 위하여 자신이 원하는 삶이 무엇인지 모르고 부모를 비롯한 다른 사람의 뜻에 따라 다른 사람의 마음에 드는 일을 하기도 합니다. 마치 그것이 자신의 인생이고 자신이 바라는 일인 것처럼….

그러다 보니 육체는 육체대로, 마음은 마음대로 지치고 힘들어지는 때도 있습니다. 눈에 보이지 않더라도, 손에 잡히지 않는 것이라 할지라도, 마음으로 느껴지는 것이 무엇인지 찾아보세요.

당신의 육체에 생기를 주고 마음을 기쁘게 하는 무엇인가가 마음속에 느껴지나요? 그렇다면 그것이야말로 당신이 가진 보물일 가능성이 큽니다.

이 세상에서 가장 좋고 아름다운 것은 당신의 마음속에 있습니다. 당신의 마음속에 있는 보물을 찾고 가꾸는 시간이 되기 바랍니다.

행복은 당신의 생각에 달려있다.

> Happiness does not depend upon who you are or what you have. It depends solely upon what you think. (Dale Carnegie)
>
> 행복은 당신이 누구인가 또는 당신이 무엇을 가졌는가에 달려있지 않다. 행복은 온전히 당신이 생각하는 것에 달려있다.
>
> (데일 카네기)

사람은 누구나 행복하기를 바랍니다. 행복을 꿈꾸며 현재를 희생하며 많은 것을 성취하기도 합니다. 과거보다 나은 현재가 되기를 바라며 노력하기도 하고 현재보다도 더 나은 미래를 위해 땀을 흘리기도 합니다. 이 글을 쓰고 있는 저도 예외가 아닙니다.

당신은 어떤가요?

현재 당신의 모습, 현재 당신이 가진 것이 당신을 행복하게 만드나요?

물론 현재 당신의 모습, 현재 당신이 가지고 있는 것이 당신을 행복하게 만들 수도 있습니다. 그렇다면, 당신은 행복한 것입니다.

그러나 현재 당신의 모습, 현재 당신이 가진 것이 당신을 행복하게 만들지 못한다면 잠시 당신을 살펴볼 필요가 있습니다. 아마도 그것은 당신의 현재의 모습이나 당신이 가진 것 때문이 아니라 당신의 생각 때문에 그럴 가능성이 크기 때문입니다.

사람의 행복 여부를 결정하는 것은 우리의 모습이나 재산이라기보다는 우리가 마음속에 가진 서로 다른 행복의 기준 때문일 것입니다. 행복은 순간순간 우리가 어떻게 생각하느냐에 따라 달라지는 것 같습니다. 순간순간 행복을 선택하는 우리가 됩시다.

나뭇잎이 떨어질 때까지 나무를 사랑하라.

Love the trees until their leaves fall off, then encourage them to try again next year. (Chad Sugg) 나뭇잎이 떨어질 때까지 나무를 사랑하라, 나뭇잎이 떨어지고 나면 내년에 다시 나뭇잎을 세상에 선보일 수 있도록 용기를 주고 격려하라. (채드 서그)

인터넷 서핑 중 우연히 접한 채드 서그(Chad Sugg)는 미국태생의 젊은(1986-) 청년입니다. 그는 16세부터 다양한 음악 활동을 하는 가수이자 작사가 겸 작곡가(singer-songwriter)이며 시집을 출간한 작가이기도 하죠. 글을 쓰고 음악을 만들고 노래를 하며 그림을 그리기도 하는 한마디로 종합(?) 예술가입니다.

나의 관점에서 종합 예술가는 자신들이 좋아하는 일을 하면서 그 일을 통하여 우리의 시각, 청각, 촉각을 자극하고 깨달음을 주는 사람입니다. 그들은 우리가 어떤 선택을 하게 하며 지금까지와는 다른 행동을 하게 만들기도 하고, 우리가 가진 아픔이나 상처를 말끔하게 치유해 주기까지 합니다.

"나뭇잎이 떨어질 때까지 나무를 사랑하라, 나뭇잎이 떨어지고 나면 내년에 다시 나뭇잎을 세상에 선보일 수 있도록 용기를 주고 격려하라."는 그의 말은 나의 시각, 청각, 촉각을 자극하기에 충분하였고 '그래! 맞아' 하는 깨달음을 주었습니다.

우리가 살아가면서 만나는 많은 사람이 있습니다. 세상의 수많은 나무처럼 사람들의 모양도 가지가지입니다. 저는 태평양 바다 건너에 사는 한 청년의 글을 읽고 그의 글을 이렇게 받아들입니다.

「그가 어떤 모양을 한 사람이건 그가 가진 능력을 발휘하고 있을 때. 설령 특별한 능력을 보여주지 못한다 할지라도, 그가 무엇인가를 시도하고 있다면, 그가 하는 일을 멈추기 전까지는, 그 일로 지쳐 쓰러지기 전까지는, 사랑의 마음으로 지켜봐 주라. 이것이 사랑이다. 만일 그가 하던 일을 멈추고 기력이 소진되어 지치게 되면, 그때는 그가 다시 힘을 내어 일어나 본인이 하고자 했거나 새롭게 하고자 하는 일을 할 수 있도록 격려하고 용기를 주어야 한다.」

혹시 당신의 주변에 앙상한 나뭇잎을 가지고 외롭게 서 있는 나무가 있지는 않은가요? 나뭇잎이 다 떨어질 때까지 그 나무를 사랑해 주세요. 그리고 잎이 다 떨어진 후에는 내년에 다시 새로운 잎을 싹틔우고 자랑스러운 나무로 거듭날 수 있도록 격려하고 용기를 주십시오.

한쪽 문이 닫히면, 열린 다른 쪽 문을 보라.

> When one door closes, another opens; but we often look so long and so regretfully upon the closed door that we do not see the one which has opened for us. (Alexander Graham Bell)
>
> 한쪽 문이 닫히면 다른 쪽 문이 열린다. 그러나 우리는 종종 너무 오랫동안 그리고 후회스럽게 닫힌 문을 바라보기 때문에 우리를 위해 열려 있는 문을 보지 못한다.
>
> (알렉산더 그레이엄 벨)

사방이 다 벽으로 느껴지고, 마치 꽉 막힌 벽장 속에 갇혀 나갈 수 있는 문이 하나도 없다고 느낀 적이 있습니까?

저는 그런 적이 있습니다. 혹시 그런 적이 있었다면 그 순간을 어떻게 극복하셨는지요? 저의 경우는 소중한 한 분과의 대화 속에서 위안을 얻고 희망을 찾았던 적이 있습니다. 그분께서는 바로 오늘의 주제와 비슷한 말씀을 저에게 해주시더군요.

'미로는 반드시 나가는 문이 있는 법이고, 벽장에 갇힌 거라면 들어가는 문이 있었기 때문이니 반드시 나오는 문도 있다'고 말씀해 주시더군요. 그리고 사람들과의 관계가 악화될 수 있는 일 때문에 쥐구멍이라도 찾아 숨고 싶었을 때, 그 분은 저에게 "내가 당신이 살아 온길 아는 데, 지금부터 좀 뻔뻔해져도 괜찮다"라고 말씀하시더군요.

숨이 막힐 것 같습니까? 심호흡하고 하늘을 한 번 쳐다보십시오. 마치 사방이 막힌 벽장 속에 갇힌 것 같습니까? 방금 닫힌 문을 바라보지 말고 다른 쪽으로 시야를 돌리세요.

그러면 반드시 어디선가 희미한 빛이 다른 쪽에서 당신을 기다리고 있는 열린 문 쪽으로 안내할 것입니다. 그렇습니다. 한쪽 문이 닫히면 다른 쪽 문이 열립니다. 눈을 크게 뜨고 사방을 둘러보세요. 누구도 문이 없는 벽장 속에 당신을 가둘 수는 없습니다.

좋고 나쁜 것을 만드는 것은 생각이다.

> There is nothing either good or bad, but thinking makes it so. (Shakespeare)
> 좋고 나쁜 것이 존재하지는 않는다. 단지 생각이 좋고 나쁜 것을 만든다. (셰익스피어)

이 세상에 존재하는 모든 것은 그 자체로 존재 의미가 있습니다. 그리고 입장이나 상황에 따라 좋은 것과 나쁜 것이 구분되기도 합니다.

대문호 셰익스피어가 "좋고 나쁜 것이 존재하는 것이 아니라, 우리의 생각이 좋고 나쁜 것을 만든다"라고 말했듯이, 우리는 현실 세계에서 일어나는 모든 일에 대해 자기 뜻이나 상황에 따라 좋고 나쁜 것을 구분하게 됩니다. 즉, 우리의 생각이 좋고 나쁜 것을 결정한다는 것입니다.

오늘 하루 여러분에게 어떤 일이 일어났나요?

좋은 일이 일어났나요? 아니면, 나쁜 일이 일어났나요?

좋은 일과 나쁜 일은 우리의 생각에 따라 달라질 수도 있다는 것을 명심하고 좋은 일을 많이 만드는 날이 지속되기를 바랍니다.

난관이 있으면 자연의 순리를 따르며 새로운 방법을 찾으라.

> The best thing one can do when it is raining is let it rain. (Henry Wadsworth Longfellow)
> 비가 올 때 사람이 할 수 있는 가장 최선의 일은 비가 내리게 하는 것이다. (헨리 워즈워드 롱펠로우)

세상을 살다 보면 나의 의지와는 달리 일이 진행되는 경우가 많이 있습니다. 계절의 변화와 그에 따르는 사람들의 반응과의 관계를 보면, 사람들은 자신들이 사는 지역의 특성과 환경에 따른 삶의 경험을 통하여 여름철이 다가오면 비가 올 것을 대비하고, 겨울철이 되면 눈이 올 것을 대비합니다. 그러나 평상시에는 비나 눈에 대한 대비가 약합니다. 또한, 충분한 대비가 있었다 할지라도 예상을 벗어날 때에는 폭우나 폭설과 같은 자연재해를 당하는 어려움을 겪게 됩니다.

인생살이도 마찬가지입니다. 평탄한 삶 동안에는 어려움에 대한 대비에 소홀합니다. 그러다 갑자기 어려움이 닥치면 당황하고 평상시에는 아무 어려움 없이 해결할 수 있었던 일도 놓치는 경우가 있습니다. 그리고 자신에게 닥친 어려움을 극복하고자 무리한 생각이나 행동을 하게 되어 더욱 곤란에 처하는 예도 있습니다.

내리는 비나 눈을 내리지 못하게 할 수는 없습니다. 비나 눈을 맞으며 비나 눈으로 인한 피해를 최소화할 방법을 찾아야 합니다. 인생살이에 닥친 어려움을 그런 어려움이 없는 것과 같은 상태로 돌릴 수는 없습니다. 결코, 용기를 잃지 말아야 하고, 어려움을 받아들이면서 극복할 방법을 찾아야 합니다.

자연의 이치는 거스르는 것보다는 그 상황을 받아들이고, 지금과는 다른 새로운 방안을 찾는 것이 현명한 선택입니다.

치유는 시간과 기회의 문제이다.

> Healing is a matter of time, but it is sometimes also a matter of opportunity. (Hippocrates)
> 치유는 시간의 문제이다. 그러나 때때로 치유는 기회의 문제이기도 하다. (히포크라테스)

우리가 잘 아는 의학의 아버지라 불리는 히포크라테스는 치유에서는 시간이 중요하지만, 때때로는 기회가 중요하다고 말합니다. 치유를 위한 적당한 때가 있지만, 때로는 적당한 사람이나 환경을 만나게 되는 기회 또한 중요하다는 것이지요.

'육체의 병은 소문을 내라'는 말이 있습니다. 그래야 치료할 수 있는 적당한 때와 기회를 잡을 수 있다는 시간의 문제와 기회의 문제를 함유한 것으로 보입니다. 마음의 문제는 더욱 이 말이 적용됩니다. '시간이 약이다'라는 말처럼 시간이 마음의 문제를 치유해 주기도 하지만 때로는 제대로 된 그 분야의 전문가를 만나는 것이 필요합니다.

사람마다 치유되는 방법은 다릅니다. 사실 적당한 때를 안다는 것은 쉬운 일은 아니지만, 때의 문제는 치유의 우선적 요소입니다.

치유의 근원이 시간의 문제라고 한다면 기회의 문제는 치유의 완성이라고 할 수 있습니다. 경험이 있고 제대로 공부를 한 전문가를 만나게 되면 치유가 더 빠르고 쉬워질 수 있기 때문입니다.

시간과 기회는 누구에게나 주어지지만 그것을 자기 것으로 만드는 사람은 많지 않습니다. 해결해야 할 마음의 문제가 있다면, 적당한 시간과 기회를 잡으십시오. 선택은 당신 몫입니다.

발전은 마음의 변화에서부터 시작된다.

> Progress is impossible without change, and those who cannot change their minds cannot change anything. (George Bernard Shaw)
> 변화 없는 발전은 불가능하다. 그리고 마음을 바꿀 수 없는 사람들은 어떤 것도 바꿀 수 없다. (조지 버나드 쇼)

자연은 시간이 지나면 어김없이 변화합니다. 12월이 되더니 눈이 내리고 기온은 뚝 떨어졌습니다.

풍성하던 나뭇잎을 자랑하던 나무 중에는 이파리의 색깔을 바꾸더니 이제 우리의 눈에는 앙상한 가지만 보여주는 나무가 많습니다. 이 앙상한 가지의 나무는 또 시간이 지나면 새싹을 틔우고 잎을 내겠지요. 나무는 이러한 변화를 거쳐 나이테가 늘어나고 해마다 나름대로 발전을 거듭하고 있는 것이지요.

아일랜드 출신의 극작가이며 소설가인 '조지 버나드 쇼'는 "변화 없는 발전은 불가능하다. 그리고 마음을 바꿀 수 없는 사람들은 어떤 것도 바꿀 수 없다."고 했습니다. 그의 말은 일리가 있습니다. 발전을 위해서는 변화의 과정이 거듭되어야 하니까요.

일상속의 행복

물론 변화가 모두 다 발전으로 이어지지는 않습니다. 발전을 위해 시도했던 변화가 때로는 좌절과 고통의 결과를 초래할 수도 있습니다. 그러나 어떤 점에서 보면 그것조차도 발전일 수 있습니다. 올바른 길로 갈 수 있는 방향을 알려주니까요.

문제가 생기면 개선방법을 찾아라.

Don't find fault, find a remedy; anybody can complain. (Henry Ford)
결점을 찾지 말고, 개선방법을 찾아라. 불평은 누구나 할 수 있다. (헨리 포드)

세계적인 자동차 제작회사 포드의 창업자인 미국 출신 헨리 포드(Henry Ford)는 자동차 생산에 대량생산 체제를 도입하여 자동차를 대중화하였고, 자동차 시대를 개척하여 자동차 왕으로 불린다. 그가 미국 최대의 자동차 제조업체를 운영할 수 있었던 것은 그가 가진 사고방식의 결과라고 본다. 그는 어떤 일을 하면서 문제에 봉착했을 때, 결점을 찾는 대신 개선방법 즉, 해결책을 찾으려고 했다. 그의 말대로 불평은 누구나 할 수 있고, 누구나 할 수 있는 일만 해서는 발전이 없다.

보통의 사람들은 어떤 일에서 문제가 보이기 시작하거나 누군가가 어떤 문제에 연루되면, 그 문제에 대하여 침소봉대(針小棒大; 작은 일을 크게 과장하여 말함)하는 경향이 있다. 관련자의 결점을 있는 대로 찾아내고, 없는 결점도 그럴듯하게 만들어 내 퍼뜨리는 데 혈안이 된다. 물론, 언론도 예외는 아니다. 한 건 주의가 팽배

일상속의 행복

하여 한술 더 뜨면 떴지 결코 보통 사람에게 뒤지지 않는다. 정작 그 문제에 대해 파헤치기만 할 뿐, 개선방법이나 해결책을 제시하거나 말하는 사람이 드물다.

요즘 우리 사회에서 일어나는 여러 현상이 나로 하여 "결점을 찾지 말고, 개선방법을 찾아라. 불평은 누구나 할 수 있다."라고 말하는 헨리 포드의 말을 상기시키게 만들었다. 이미 일어난 문제에 대하여 잘못의 원인을 찾아내고 비판하는 것도 필요하지만, 그보다는 다시는 그런 문제가 재발하지 않도록 개선방법 즉, 해결책을 찾는데 더 많은 노력을 하자는 것이다.

우리나라 경제계에도 해결책을 찾아 큰 업적을 남긴 분들이 있다. 그중에서 "길이 없으면 만들며 간다."고 말하며 교육에 보험을 도입하여 대한교육보험을 설립한 고 신용호 회장과 "해보기나 했어."로 유명한 현대그룹의 창업자 고 정주영 회장을 소개하는 것으로 글을 맺는다.

끊임없이 시도하라.

> The only man who never makes mistakes is the man who never does anything. (Theodore Roosevelt)
> 실수하지 않는 유일한 사람은 아무것도 하지 않는 사람이다.
>
> (시어도어 루스벨트)

행동하지 않는 사람은 실수하지 않습니다. 마찬가지로, 행동하지 않는 사람은 성취하는 것도 없습니다. 실수하지 않는 사람과 성취하지 못하는 사람은 행동하지 않는 사람인 경우가 많습니다. 당신이 오늘 행한 실수 때문에 성취하지 못한 일 때문에 자책하지 마세요. 실수하는 사람과 성취하는 사람은 결국 행동하는 사람입니다.

큰 성취일수록 실수가 있기 마련입니다. 당신은 어떤 사람인가요? 실수하는 사람입니까? 성취하는 사람입니까?

당신이 실수 한다면, 그 실수를 인정하고 즐기십시오. 실수한다는 것은 행동하고 있다는 증거이며, 무엇인가를 시도하고 있다는 것을 의미하는 것이니까요.

일상속의 행복

실수하는 당신, 당신은 큰 성취를 이룰 가능성이 많은 사람입니다. 당신의 행동에 대해 박수를 보냅니다. 반드시 큰 성취가 뒤따를 것입니다.

상처 난 구멍으로 무엇을 볼까?

> Hope is being able to s
> ee that there is light despite all of the darkness.
>
> (Desmond Tutu)
>
> 희망은 사방이 깜깜한 어둠 속에서도 빛의 존재를 발견할 수 있다. (데스몬드 투투)

얼마 전 가산디지털단지에서 사업을 하는 후배 사무실을 방문하였고 점심을 먹게 되었습니다. 대형 의류 판매장이 있는 빌딩에 있는 규모가 큰 식당이었습니다. 수저 받침대에 쓰여 있는 시 한 편을 읽게 되었습니다. 이생진 시인의 〈벌레 먹은 나뭇잎〉입니다.

함께 자리한 후배의 삶도, 나의 삶도 벌레 먹은 나뭇잎과 닮은 점이 많이 있습니다. 상처가 있는…. 그러나, 후배는 지금 사업적으로 많은 성장을 하고 있습니다. 시구가 마음에 들어 스마트 폰으로 사진을 찍으니, 후배도 자신의 스마트 폰 속에 이 시를 담고 다닌다고 했습니다. 서로를 바라보며 미소를 건넵니다.

말하지 않아도 서로가 가진 상처 난 구멍을 알기에….
그리고 그 구멍을 통해 희망을 보고 있다는 것도….

상처가 별처럼 아름답다는 것도….

벌레 먹은 나뭇잎

-이생진

나뭇잎이 벌레 먹어서 예쁘다
귀족의 손처럼 상처 하나 없이 매끈한 것은
어쩐지 베풀 줄 모르는 손 같아서 밉다
떡갈나무 잎에 벌레 구멍이 뚫려서
그 구멍으로 하늘이 보이는 것은 예쁘다
상처가 나서 예쁘다는 것이 잘못인 줄 안다
그러나 남을 먹여 가며 살았다는 흔적은
별처럼 아름답다

자신을 화려한 무지개인 것처럼 사랑하라.

> Dare to love yourself as if you were a rainbow with gold at both ends. (Aberjhani)
> 마치 당신이 양쪽 끝에 황금빛을 지닌 무지개인 것처럼 당신을 사랑하라. (아베르자니)

이 세상에 나와 같은 사람은 아무도 없습니다. 나는 아주 소중한 존재입니다. 나는 이 세상에 태어났다는 사실 자체만으로도 존중받아야 할 만한 가치가 있는 사람입니다.

자신을 사랑하십시오. 자신의 있는 그대로를 인정하고 존중하십시오. 이 세상에 자신을 사랑하는 일보다 더 소중한 일은 없습니다. 혹시라도 몸과 마음에 아주 작은 상처라도 있다면, 자신을 사랑하는 것이야말로 몸과 마음의 상처를 치유하는 최고의 방법입니다.

매일 자신의 이름을 부르며, 자신의 신체 부위를 쓰다듬어 주면서 사랑한다고 말해 주세요.

○○○, 난 너를 사랑한다.

인생은 수레바퀴다.

> Life is like a wheel. Sooner or later, it always come around to where you started again. (Stephen King)
> 인생은 수레바퀴와 같다. 곧, 바퀴는 항상 원래의 자리로 되돌아온다. (스티븐 킹)

미국 출신의 베스트셀러 작가인 스티븐 킹(Stephen King)은 불우한 어린 시절을 보냈습니다. 성인이 되어서도 먹고살기 위해 세탁공장의 인부와 건물경비원을 지냈습니다. 얼마간 영어교사로 근무하기도 했으나, 생활은 여전히 힘들었다고 합니다. 그러던 중, 마침내 큰 출판사를 만나 장편소설을 출판하게 되고 큰 성공을 거두게 됩니다. 유명 작가로 등극하게 된 것입니다.

그는 작가로 데뷔한 이후 수많은 작품을 발표합니다. 그리고 지금은 현대 최고 작가 중의 한 명으로 인정받고 있습니다. 또한, 그가 쓴 작품들이 가장 많이 영화로 만들어져 기네스북에 올라 있는 작가이기도 합니다.

수레바퀴는 한 바퀴 돌게 되면, 다시 원래의 자리로 되돌아옵니다. 다 아시는 바와 마찬가지로, 수레바퀴는 둥글어서 계속 자신의 위치를 바꾸어야만 자신의 역할을 충실히 할 수 있습니다. 아래 있을 때가 있고, 위에 있을 때가 있습니다.

우리의 삶도 크게 다르지 않습니다. 어려울 때가 있고, 좋을 때가 있습니다. 어려울 때는 좋아질 때를 기대하며 인내하고, 좋을 때는 어려울 때를 대비해야 합니다. 우리가 항상 꿈과 희망을 품어야 하고, 겸손해야 하는 이유입니다.

인생은 수레바퀴입니다.

분노 상처 또는 고통을 내려놓으라.

> Don't hold to anger, hurt or pain. They steal your
> energy and keep you from love. (Leo Buscaglia)
> 분노, 상처 또는 고통을 붙잡지 마라. 분노, 상처 또는 고통
> 은 당신의 에너지를 훔치고 당신의 사랑을 빼앗는다.
>
> (레오 버스카글리아)

분노, 상처 또는 고통을 내려놓으세요. 행복이나 즐거움이 우리 삶의 일부인 것처럼 분노, 상처 또는 고통도 우리 삶의 일부입니다. 그러나 분노, 상처 또는 고통은 우리의 에너지를 빼앗아 우리의 긍정 에너지를 약하게 합니다. 우리에게 부정의 사고를 갖게 합니다. 우리의 사랑의 힘을 빼앗습니다. 우리의 마음속으로부터 사랑의 마음이 싹트는 것을 방해합니다.

부정적 정서를 멀리하세요. 부정적 정서를 버리고, 사랑, 감사, 배려, 용서의 감정을 받아들이세요. 부정적 정서는 아주 약하다 할지라도 쉽게 우리의 힘을 빼앗습니다. 우리의 마음속에 사랑의 마음을 싹틔우고 열매를 맺기 위해서는 우리의 삶의 일부분이지만 분노, 상처 또는 고통은 빨리 놓아주어 우리를 떠나게 해야 합니다. 대신에 사랑의 싹을 틔우고 열매 맺게 할 행복이나 즐거움의

감정은 오래도록 붙들고 있으면 있을수록 좋습니다.

분노, 상처 또는 고통을 내려놓아 삶을 풍요롭게 만드는 것은 당신의 선택입니다. 당신의 선택은 무엇입니까? 행복은 순간순간의 선택임을 기억하십시오.

어떤 다리를 건널 것인가?

> The hardest thing in life to learn is which bridge to cross and which to burn. (David Russell)
> 인생에서 가장 배우기 어려운 일은 건너야 하는 다리와 버려야 하는 다리를 구별하는 것이다. (데이비드 러셀)

캐나다에서 활동 중인 데이비드 러셀(David Russell)은 많은 책을 저술하였고, 꽤 명성이 있는 프리랜서 작가다. 그런데, 그는 러셀이라는 이름 때문에 대중들에게는 상대적으로 덜 알려진 듯하다. 우리에게 잘 알려진 철학자 버트란트 러셀(Bertrand Russell)이 있고, 영국태생의 기타리스트인 동명이인 데이비드 러셀 (David Russell)이 있기 때문이다.

아마 여러분도 러셀이라는 이름을 한 번은 들어 보았을 것이다. 그러나 그 러셀은 책을 많이 읽는 분이라면 버트란트 러셀 (Bertrand Russell)일 경우일 것이며, 음악을 좋아하는 분이라면 기타리스트인 데이비드 러셀(David Russell)일 것이다. 그런데, 이 글에서 말하는 러셀은 프리랜서 작가이며, "인생에서 가장 배우기 어려운 일은 건너야 하는 다리와 버려야 하는 다리를 구별하는 것이다."라고 말한 사람이다.

우리는 하루하루 인생을 살면서 많은 선택의 순간에 직면합니다. 이것이 옳은가, 아니면 저것이 옳은가? 옳고 그른 것을 따지는 경우라면 그래도, 선택하는 일을 상대적으로 쉬울 수 있습니다. 자신의 양심과 사회규범, 법률에 따르면 될 것이기 때문이죠. 그런데, 길을 가다가 어느 방향인지 모르는 상황에서 두 갈래 길을 만났을 때는 어떤가요? 동시에 두 길을 갈 수는 없기에 우리는 한쪽 길을 택해야만 합니다. 이 경우도 좀 나은 것 같습니다. 시간은 더 걸리겠지만, 가다가 되돌아오면 되니 말입니다. 그런데, 절체절명(絶體絶命)의 순간에 직면했는데, 둘 중 하나를 선택해야 하는 상황이 되었습니다. 둘은 나의 목숨과도 같습니다. 어떻게 해야 할까요? 정말 어려운 일이네요. 저도 지금부터 좀 더 생각의 시간을 가져보려고 합니다.

　저는 이 글을 쓰면서도 둘 중 하나를 선택해야 했습니다. 제목입니다. 처음에는 "어떤 다리를 건널 것인가?"로 정했습니다. 그런데 글을 쓰면서 생각해보니 좀 더 사람들의 눈을 끌기에는 "어떤 다리를 포기할 것인가?"로 하는 것이 좋지 않을까 하는 생각이 들었습니다. 그래서 "어떤 다리를 포기할 것인가?"로 바꾸어 보았습니다. 그리고 처음부터 제가 쓴 글을 다시 읽어 보았습니다. '옳고 그름'이라는 글귀가 나의 마음을 건드립니다. 다른 사람의 눈길을 끌지 못하더라도 좀 더 긍정적인 제목을 쓰라고….

몸의 소리에 귀를 기울이라.

> Our bodies communicate to us clearly and specifically, if we are willing to listen.
>
> (Shakti Gawain)
>
> 우리의 육체는 우리가 들으려고 하기만 하면, 분명하고 명확하게 우리와 의사소통한다. (삭티 거웨인)

몸과 마음은 하나입니다. 우리의 육체는 쉼 없이 우리에게 신호를 보냅니다. 우리가 귀를 기울이기만 한다면 육체가 우리에게 전달하고자 하는 소리를 들을 수 있습니다.

치유는 우리의 육체가 우리에게 하려고 하는 말에 귀를 기울일 때 일어납니다. 조용히 몸의 소리를 들어 보십시오.

치유는 새로운 삶으로의 방향전환이다.

> Healing doesn't mean the damage never existed. It means the damage no longer controls our lives.
>
> (Unknown)
>
> 치유는 손상이나 피해가 전혀 없음을 의미하지 않는다. 치유는 손상이나 피해가 다시는 우리의 삶을 통제하지 않는다는 것을 의미한다. (자가미상)

치유는 사전적 정의에 따르면, "치료하여 병을 낫게 하는 것"입니다.

치유의 대상이 되는 우리가 아는 병에는 크게 두 가지가 있습니다. 육체의 병과 마음의 병이지요. 따라서 치유는 몸과 마음의 병을 치료하여 낫게 하는 것이라 할 수 있습니다. 즉, 몸이 아픈 사람을 치료하거나 마음에 상처나 아픔이 있는 사람의 마음을 어루만져 마음속에 있는 갈등이나 감정 등의 골을 메우는 것입니다.

육체의 병을 치료하기 위해서는 여러 가지 방법이 있습니다. 의사의 진찰을 받고 약을 먹는다거나 필요한 경우에는 수술합니다. 약물을 복용하고 낫는 병의 경우에는 몸에 겉으로 드러나는 흔적을 남기지 않습니다. 그러나 수술의 경우 크든 작든 흔적을 남깁니다. 저도 몸에 여러 흔적을 가지고 있습니다. 그렇지만 이런 흔적들이 몇몇 경우를 제외하고 우리의 삶을 통제하지는 않습니다.

그러나 마음의 병은 어떤가요? 한 번 입은 상처나 아픔은 오래 우리의 삶을 통제하여 새롭게 거듭나고자 하는 우리의 발목을 잡는 경우가 있습니다. 이 글을 쓰는 저 또한 예외는 아닙니다. 마음의 상처는 겉으로 드러나는 흔적은 없지만, 오랫동안 마음속에 골을 남기더군요. 그러나 그 골을 계속 가지고 사는 것은 나의 삶에 전혀 도움이 되지 않는다는 것을 알게 되었습니다. 그래서 지금도 마음의 골을 메우기 위해 많은 노력을 합니다. 골을 가진 마음의 상처나 아픔도 육체의 상처와 마찬가지로 치유될 수 있습니다.

우리가 가진 마음의 상처나 아픔이 치유되고 골이 메워지기를 바란다면 마음의 상처나 아픔이 우리의 삶에 부정적 영향을 주도록 허용하지 말아야 합니다. 그렇게 되면 마음의 골이 눈에 보이지 않는 흔적을 가지고 있을 수는 있겠지만, 우리의 몸에 겉으로 드러난 흔적이 그러는 것처럼 우리의 삶을 통제하지는 못할 것입니다.

세상은 당신이 할 수 있는 모든 좋은 일을 필요로 한다.

I cannot do all the good that the world needs, but
the world needs all the good that I can do.

(Jana Stanfield)

내가 세상이 필요로 하는 모든 좋은 일을 다 할 수는 없지만,
세상은 내가 할 수 있는 모든 좋은 일을 필요로 한다.

(자나 스탠필드)

2016년, 새해가 밝았습니다. 새해를 맞이할 때마다 우리는 행복한 새해를 기대하고 소망합니다. 매일 똑같은 해가 뜨는 것 같은데 새해라 칭하지요. 그리고 새해가 되면 우리는 많은 것을 소망합니다.

우리는 세상이 필요로 하는 일 주변의 다른 사람들이 필요로 하는 일을 다 하려고 하다 보면 힘이 들지요. 모든 사람을 다 만족하게 하려는 마음을 내려놓으세요. 그렇지만, 당신이 할 수 있는 좋은 일은 사소한 일이라도 하세요. 그러면 그 좋은 일들은 모두 세상이 필요로 하는 것들이니까요.

새해에는 더욱 건강하고 더욱 큰 꿈을 꾸고 하나하나 그것을 이

루어가는 여러분이 되시기를 기도합니다.

2016년, 당신이 주인공입니다.

건강은 몸과 마음 그리고 영혼이 조화로운 상태이다.

Health is a state of complete harmony of the body, mind and spirit. When one is free from physical disabilities and mental distractions, the gates of the soul open. (B.K.S. Iyengar)
건강은 몸과 마음 그리고 영혼의 완전한 조화의 상태이다. 어떤 사람이 신체 장애와 정신적 혼란으로부터 벗어난다면, 영혼의 문이 열린다. (아이엥거)

몸과 마음은 하나입니다. 우리의 생각은 감정과 행동에 영향을 주고, 육체의 상태는 우리의 생각과 마음에 영향을 줍니다.

기분 좋은 생각을 하게 되면 감정이 좋아지고 우리의 몸은 가벼워지고 행동도 긍정적이 됩니다. 반대의 경우도 마찬가지여서, 기분 나쁜 생각을 하게 되면 감정이 나빠지고 몸의 상태는 무거워지고 행동은 부정적이 됩니다.

따라서 우리는 신체뿐만 아니라 마음과 영혼도 함께 조화를 이룬 상태가 되었을 때 건강하다고 말할 수 있습니다. 결국, 건강은 긍정적 생각에서 출발합니다. 건강한 여러분이 되기를 기원합니다.

자신을 위해 상상력을 발휘하고 유머 감각을 가지라.

> Imagination was given to man to compensate him
> for what he is not; a sense of humor to console him
> for what he is. (Francis Bacon)
> 상상력은 그가 아닌 것에 대해 그를 보상하기 위해 주어진
> 것이고, 유머 감각은 그 사람의 됨됨이에 대해 그를 위로하기
> 위해 주어졌다. (프란시스 베이컨)

우리는 가끔 "그 사람의 생각이 운명을 좌우한다."라는 말을 듣습니다. 생각이 행동을 낳고, 행동은 습관이 되고, 습관이 발전하여 그 사람의 인격, 즉 됨됨이를 결정하고, 그것이 발전하여 운명이 된다는 것이지요. 우리가 세상을 살아가는데 생각이 그만큼 중요하다는 것을 의미하는 것이지요. 우리가 어떤 생각을 가지느냐에 따라 우리의 삶의 방향과 질을 결정한다고 볼 수 있습니다.

그런데 우리는 때로 내가 그러지 못하는 것 때문에 자신의 소중한 가치를 과소평가하는 때도 있으며, 내가 그런 것 때문에 다른 사람과의 관계가 서먹해지고 소외되는 경우도 생깁니다. 내가 아닌 것 때문에 자신의 가치를 훼손하지 맙시다.

베이컨의 말처럼, 혹시 내가 그런 사람이 아니라면 상상력을 통해 그런 사람이 되어봅시다. 그리고 내가 그런 사람이라서 누군가와의 관계가 서먹해지고 소외감을 느끼려고 할 때 유머를 이용합시다.

상상력과 유머는 사람을 더욱 사람답게 만드는 윤활유입니다.

사랑의 눈으로 사물을 보라.

> The common eye sees only the outside of things, and sadly judges by that. But the loving eye pierces through and reads the heart and the soul.
>
> (Ash Sweeney)
>
> 평범한 사람의 눈은 사물의 외양만을 보고, 애석하게도 겉모습으로 사물을 판단한다. 그러나 사랑을 가진 사람의 눈은 사물을 꿰뚫어 보며 마음과 정신으로 읽는다. (애쉬 스위니)

저는 평범한 사람입니다. 그래서인지 대부분은 어떤 사물이나 사람을 볼 때 겉모습만을 보는 경우가 많습니다. 그리고 그 겉모습을 보고 내가 보았던 사물이나 사람을 판단하였습니다. 그러나 내가 가끔 사랑의 마음이 충만한 상태에서 어떤 사물이나 사람을 보게 되면 전혀 다른 모습으로 보였습니다. 사랑의 마음이 충만하게 되면 그 사물에 관한 긍정적인 면이 더 많이 보였습니다.

사람의 경우는 더욱 그랬습니다. 그 사람의 외향 또는 드러나는 말이나 표정만 보고, 그 사람의 모습을 보는 것이 부담되었고, 그 사람과는 말을 하고 싶지도 않았으며, 그 사람에 대해서는 전혀 이해할 마음이 없었던 경우가 있었음을 솔직히 고백합니다. 그러나 좋아하는 사람의 경우에는 전혀 달랐습니다. 보고 싶고, 얘기하고 싶고, 그 사람의 처한 경우를 이해하려고 노력하는 나의 모습을 볼 수 있었습니다.

결국, 어떤 사물이나 사람을 보게 되고 판단하는 것은 그 사물이나 사람 때문이 아니라 나의 마음이었던 것이죠. 내가 어떤 마음의 눈으로 사물이나 사람을 보느냐에 따라 그 사물이나 사람의 외향만을 보기도 하고, 마음과 정신으로 그 사물이나 사람을 꿰뚫어 보기도 한다는 것이지요.

아직도 저는 평범한 눈으로 사물이나 사람을 보고 있지만, 외향만으로 판단하지 않고, 좀 더 사랑을 가진 눈으로 보고 사랑을 가진 마음과 정신으로 사물이나 사람을 보기 위하여 노력합니다.

일상속의 행복

더 많이 사랑하라.

There is no remedy for love but to love more.

(Henry David Thoreau)

더 많이 사랑하는 것 외에는 사랑에 대한 치료는 없다.

(헨리 데이비드 소로)

사랑 때문에 마음 아파한 적이 있으신가요?

사랑 때문에 울어 본 적이 있으신가요?

사랑하는 사람에 대한 서운한 감정 때문에 아파하거나 울어 보신 적이 있다면, 아파하거나 울고 난 후 그 사랑에 대한 아픔이, 서운함이 치유되셨나요?

"사랑은 무조건 주는 것이다."라는 말이 있습니다. 사랑 때문에 서운하고 아팠다면 아마도 그 사랑은 조건을 수반한 사랑이었을 수도 있습니다.

"사랑만이 사랑을 치료할 수 있다."고 합니다. 지금보다 더 많이 사랑해 보는 것은 어떨까요?

건강한 몸과 마음으로 희망을 노래하라.

> He who has health has hope; and he who has hope
> has everything. (Arabian Proverb)
> 건강한 사람은 희망이 있는 사람이고, 희망이 있는 사람은 모
> 든 것을 가진 사람이다. (아리비아 속담)

우연히 "건강한 사람은 희망이 있는 사람이고, 희망이 있는 사람
은 모든 것을 가진 사람이다."라는 아라비아 속담을 접하고, 이 글
을 씁니다.

이 글을 읽는 당신도 아라비아 속담에서 말하는 것처럼, 모든
것을 가진 분이시지요? 저도 모든 것을 가진 사람이라고 생각을
하며 새롭게 출발한 2월을 맞이합니다. 가끔은 힘이 들 때도 있지
만, 건강하니까 희망이 있고, 희망이 있으니 비록 부족한 것이 많
지만, 모든 것을 가진 사람이라 생각하고 사는 것이지요.

어제저녁(2015년 1월 31일) 한국 국가대표팀과 호주 국가대표
팀의 축구 경기를 보셨는지요? 저는 후반전 0:1로 지고 있는 상황
에서부터 중계방송을 지켜보았는데, 정말 흥미진진 하더군요. 후반
전의 주어진 시간이 다 지나고 추가로 주어진 시간에 한국대표팀

이 극적으로 골을 넣어 1:1로 경기가 끝나고, 곧 연장전으로 이어졌습니다. 경기가 완전히 끝났을 때, 한국팀이 1:2로 져서 아쉬움은 컸지만, 선수들에게 박수를 보냈습니다. 제가 최근 지켜본 우리 국가대표팀의 경기 중 내용이 매우 좋았거든요. 한마디로 희망을 보았습니다.

친구님, 혹시 어딘가 불편한 곳이 있거나 어려운 일이 있습니까? 곧 좋아질 것이라는 희망을 품으십시오.

어제저녁(2015년 1월 31일) 축구 경기에서 보았듯이 경기가 마무리되나 하는 후반전에 골이 들어가고, 또 다른 기회인 연장전이 주어지거든요.

인생도 마찬가지 아니겠어요? 좋아질 수 있다는 믿음을 가지고, 좋아지고 있는 자신의 모습을 상상하세요. 반드시 좋아지게 될 것입니다. 당신이 가진 희망에 박수를 보냅니다.

사람이 있는 한 친절을 베풀 기회는 많다.

> Wherever there is a human being, there is an opportunity for kindness. (Seneca)
>
> 사람이 있는 곳이면 어디든지 친절을 베풀 기회가 있다.
>
> (세네카)

대중교통을 많이 이용하는 저는 가끔 버스 정류장과 버스 안 또는 전철역이나 전철 안에서 다른 사람의 친절한 행위를 보는 것으로 즐거움을 맛보는 경우가 있습니다.

다른 사람을 위하여 자신이 앉아 있던 자리를 양보하는 분, 짐을 들어 주는 분, 길을 안내해 주는 분 등 다양한 친절을 베푸는 분들을 목격하곤 합니다. 물론 이런 분들은 길거리에서도 목격할 수 있습니다. 출퇴근 시간의 원활한 차량 흐름을 위해 교통 봉사를 하는 분, 등·하굣길 어린이들의 안전을 위해 봉사하는 분들도 있습니다. 그런 분들을 볼 때마다 괜히 저의 마음은 기분이 좋습니다.

물론 대중교통을 이용하거나 길거리를 오가다 보면 다른 사람의 눈살을 찌푸리게 하는 사람들도 있기 마련입니다. 그런데도 우리 사회가 아름다운 것은 훈훈한 정을 느끼게 하는 친절한 행위를 몸으로 실천하는 분이 많기 때문입니다.

사람이 있는 곳이면 어디서든지 우리는 친절한 분들을 목격할 수 있고 우리도 친절한 행위를 몸으로 실천하는 주인공이 될 수 있습니다. 우리의 마음을 아프게 또는 슬프게 하는 많은 사건에도 불구하고, 우리 사회를 더욱 밝아지게 하는 것은 결국 우리 자신 한 사람 한 사람의 작은 친절의 실천입니다.

우주의 관점에서 자신을 보라.

> The cells of your body will dance and sing when you
> visualize yourself in the light of the universe.
>
> (J.J. Goldwag)
>
> 당신이 우주의 관점에서 스스로를 마음속에 그리면 당신 몸
> 의 세포는 춤추고 노래할 것이다. (골드웨그)

우리의 몸과 마음은 소우주입니다. 우리는 마음속에 여러 개의 우주를 담을 수도 있습니다. 우리가 자신의 존재를 우주의 관점에서 보고 자신을 큰 우주 속의 미미한 존재가 아닌 우주를 존재하게 하는 하나의 필수적인 존재로 본다면 자신의 가치를 정확하게 본 것입니다.

우리 한 사람 한 사람의 가치는 우주를 존재하게 하는 필수적 존재입니다. 우리가 이러한 자신의 존재를 마음속에 그리면 우리 몸의 세포들은 춤을 추고 노래를 하게 될 것입니다. 우리가 어떤 마음을 가지느냐에 따라 우리의 몸은 그에 맞는 반응을 보이게 됩니다.

자신을 우주의 관점에서 소중한 존재로 여기십시오. 그러면 세포

가 활성화되어 육체도 오랫동안 건강한 상태를 유지하게 되고 다시 육체의 건강은 마음의 상태를 더욱 건강하게 만들어 줄 것입니다.

몸과 마음은 하나이고 이를 조정하는 선택을 하는 것은 우리 자신입니다.

다른 사람의 과실을 찾지 말고 구제책을 찾아라.

> Don't find fault. Find a remedy. (Henry Ford)
> 과실(결점/ 흠)을 찾지 마라. 구제책(치료/ 요법)을 찾아라.
>
> (헨리 포드)

보통의 사람들은 인간관계나 업무 추진에 있어 다른 사람의 과실이나 결점을 먼저 보기 마련입니다. "똥 묻은 개가 겨 묻은 개 나무란다." 라는 말이 이런 인간의 속성을 잘 말해 줍니다.

인간은 누구나 흠이 있습니다. 누구나 실수할 수 있습니다. 다른 사람의 흠을 찾기 전에 나의 흠을 되돌아보아야 합니다. 다른 사람에게 문제가 생겼다면, 먼저 그 사람을 도울 방책을 찾는 것이 우선이 되어야 합니다. 과실을 찾아 탓하기 전에 그 사람을 도울 구제책을 찾는다면, 이 사회는 한층 더 밝은 사회가 될 것입니다.

그리고 당신이 베푼 사랑과 배려는 돌고 돌아 언젠가는 당신에게로 되돌아올 것입니다.

사랑할 때는 더하기만 하라.

In the arithmetic of love, one plus one equals everything, and two minus one equals nothing.

(Mignon McLaughlin)

사랑의 산술에서는 일 더하기 일(1+1)은 모든 것이고, 이 빼기 일(2-1)은 아무것도 아니다. (미뇽 맥로플린)

이 세상에서 가장 소중한 사랑은 어떤 사랑일까요?

사랑은 무게가 얼마나 나갈까요?

당신은 소중한 사랑과 소중하지 않은 사랑을 구분할 수 있나요?

당신의 사랑의 무게는 얼마나 되나요?

솔직하게 말하면, 저는 이런 질문에 대하여 답을 갖고 있지 못합니다. 그런데 왜 이런 질문을 하느냐고요? 사랑에 대하여 생각해 보고 싶어서입니다.

우리는 사랑을 다양한 이름으로 구분합니다. 신과의 사랑, 부모와 자식 간의 사랑, 이성 간의 사랑, 형제간의 사랑 등…. 그러나 우리 중 누구도 사랑의 중요도 또는 무게를 따져본 사람은 없을 것입니다.

당신은 어떤가요?

미국의 작가 맥래플린(McLaughlin)은 사랑의 계산 식을 이야기 한 적이 있습니다. 사랑의 계산에서, 모든 것(everything) 또는 아무것도 아닌 것(nothing)을 이야기하였습니다. 사랑은 더하게 되면 모든 것이 되고, 빼기를 하면 아무것도 아니라는 것입니다.

그렇습니다. 사랑하고 사랑받는 사람 사이에는 오직 풍성함이 존재합니다. 사랑 자체가 모든 것을 포용하니까요. 그러나 사랑하던 사람 사이에서 사랑이 빠지면, 두 사람 사이의 관계는 사랑이 존재하지 않던 관계의 사람 관계보다 훨씬 더 악화되는 경우가 많습니다.

세상을 지혜롭게 그리고 마음이 풍요롭게 사는 방법은 사랑할 때는 더하기만 하는 것이 어떨까요?

우리는 모두 자신 인생의 주인공이다.

'내 인생은 나의 것'이라는 유행가가 유행한 적이 있다. 그러나, 이것은 한때 유행으로 그칠 일이 아니다. 지극히 당연한 말이기 때문이다. 내 인생은 소중한 나의 것이다. 우리가 숨 쉬고 있는 동안 남을 해치거나 남에게 불편을 끼치는 일이 아니라면, 무엇이든 할 수 있는 모든 일을 해봐야 한다. 내가 내 인생의 주인공이기 때문이다.

우리의 일상은 선택의 연속으로 이루어집니다. 아침에 일어나서 저녁에 잠자리에 들 때까지….

흔히 사람들은 사회에서 성공하고 부자가 되어야 행복해지는 것으로 생각합니다. 맞는 말이지요. 하지만, 일상이 행복해야 하는 일에서 성공할 수 있고, 부자가 될 수 있지 않을까요?

큰 행복은 작은 일에서 행복을 느끼는 것에서 출발하니까요.

주어진 상황 속에서 좋은 선택을 꾸준히 해나가다 보면 좋은 선택을 하는 좋은 습관이 생기고 습관은 곧 생활이 됩니다. 현재 우리가 있는 바로 그 자리에 행복은 우리와 함께 숨 쉬고 있습니다.

일상 속에서 행복을 누리며 자신 인생의 주인공으로 사는 당신이 되기를 기도합니다.

2016년 8월
현우 유철기

당신이 이 세상의 주인공입니다.